奥兹国奇遇记

稻草人

[美] 弗兰克·鲍姆◎著
[美] 约翰·R.尼尔◎绘
詹燕徽◎译

CHISO SINCE 1998 新疆青少年出版社

图书在版编目（CIP）数据

稻草人 / (美) 弗兰克·鲍姆著 ; 詹燕徽译. —— 乌
鲁木齐 : 新疆青少年出版社, 2023.4
　　（奥兹国奇遇记）
　　ISBN 978-7-5590-9326-4

　　Ⅰ. ①稻… Ⅱ. ①弗… ②詹… Ⅲ. ①童话 – 美国 –
近代 Ⅳ. ①I712.88

中国国家版本馆CIP数据核字（2023）第066859号

稻草人
DAOCAOREN

弗兰克·鲍姆 著　　约翰·R.尼尔 绘　　詹燕徽 译

出版发行	新疆青少年出版社有限公司	
社　　址	乌鲁木齐市北京北路29号	
电　　话	0991—6239231（编辑部）	
经　　销	各地新华书店	
印　　刷	天津融正印刷有限公司	
法律顾问	王冠华 18699089007	
开　　本	787mm×1092mm　1/16	
印　　张	11	
版　　次	2023年6月第1版	
印　　次	2023年6月第1次印刷	
书　　号	ISBN 978-7-5590-9326-4	
定　　价	45.00元	

新疆青少年出版社有限公司官网　http://www.qingshao.net
新疆青少年出版社有限公司天猫旗舰店　http://xjqss.tmall.com

CHISO 新疆青少年出版社

小读者们的来信塞满了邮局。他们征服了邮递员，通过他们向我传达他们专横的命令：必须让特洛特和比尔船长的船队进入奥兹国，必须让特洛特与多萝茜、贝翠·鲍宾和奥兹玛相聚，也必须让独腿水手成为铁皮人、稻草人、亮纽扣和所有其他居住在这个奇妙仙境中的古怪人的朋友。

要遵循这个命令，让特洛特和比尔船长的船队在奥兹国安全靠岸，可不是一件容易的事，你读了这本书就会明白。事实上，这需要我们亲爱的老朋友稻草人，尽最大的努力，才把他们从在一路上所遭遇的可怕厄运中拯救出来。但是这个故事结局是美好的，他们在奥兹玛华丽的宫殿里过得很愉快，多萝茜要我保证，巴顿·布莱特和其他三个女孩在不久的将来一定会在奥兹国的土地上再次团聚。为此她还提出了许多奇妙的建议，关于这些，我希望在下一本有关奥兹国的书中与你分享。

同时，我深深地感谢我的小读者们对《奥兹国奇遇记》系列故事的持续热情，在他们给我寄来的许多信件中都表明了这一点。所有这些都是非常珍贵的。每年都需要越来越多的奥兹国图书来满足新老读者的需求，并且读者们自发成立"奥兹读书会"，在那里，成员们几乎人手一书大声朗读着书中的内容。这一切都让我非常欣慰，鼓励我写更多的奥兹国故事。如果有一天，孩子们读够了这些故事，我希望他们能告诉我，然后我会试着写点其他的故事。

弗兰克·鲍姆

奥兹科特

好莱坞加利福尼亚

目录
Contents

第一章　陷入大漩涡　　　　　　　　001

第二章　神秘的海底洞穴　　　　　007

第三章　认识奥克　　　　　　　　014

第四章　重返陆地　　　　　　　　024

第五章　别扭的老头子　　　　　　029

第六章　小矮人的空中之旅　　　　040

第七章　奇妙的莫园　　　　　　　045

第八章　失而复得的亮纽扣　　　　051

第九章　不祥园奇遇记　　　　　　061

第十章　偶遇园丁　　　　　　　　068

第十一章　坏国王和古里古　　　　073

目录
Contents

第十二章　蚱蜢船长 080

第十三章　格琳达和稻草人 089

第十四章　冰封公主的心 096

第十五章　初遇稻草人 106

第十六章　与国王谈判 112

第十七章　奥克回归 117

第十八章　稻草人遇险 121

第十九章　解除魔法 128

第二十章　女王格劳丽亚 136

第二十一章　奥兹国的仙女 144

第二十二章　稻草人再遇危险 149

第二十三章　重获新生 155

第二十四章　翡翠城盛宴 159

第一章

照人大漩涡

　　"照我说，特洛特，如果我们了解的事情越多，就越会觉得自己很无知，想了解的事情自然就越多。"比尔船长倚靠着一棵大槐树坐在地上，遥望着远处那一片碧蓝的大海说。坐在他身边的是一个小女孩，名字叫特洛特。

　　"比尔船长，你为什么这样说呢？"叫特洛特的小女孩仰着头，困惑地看看老先生，然后看向了老水手目光所及的地方，就是那片波光粼粼的海面，"我觉得，能学到多少，懂多少就行了。难道不是这样吗？"

　　"没错，这个道理确实没什么问题，"水手一边点头，一边认真地说，"但事实上，那些明明懂得很少的人，却总是自以为是，假装什么都懂；那些博学多识的人反而很谦虚，他们才是真正懂得

这个广阔世界的人。只有真正有学问的人才会深刻地意识到，在人短暂的一生中，与其把时间浪费在吹嘘和自大上，还不如去知识的海洋里获得几滴水珠呢，就算是这样，时间也不够。"

特洛特好半天没有说话。这个可爱的小女孩长着一双严肃的大眼睛，举止天真，待人热情。她和比尔船长已经认识很多年了，感情非常深厚，而她所接触到的人生哲理都是他传授给她的。

在特洛特眼中，比尔船长是一个可爱的老人。虽然他脑袋上的那几根头发已经变得花白了，但其实他一点儿也不老。他脑门上的很多地方连一根头发都没有了，看起来和鸡蛋差不多，并且像鸡蛋一样闪闪发光，他那双向外突出的大耳朵因此显得非常可笑。他的眼睛是淡蓝色的，闪烁着慈祥的光芒；那张圆脸也因为饱经风霜而变成了古铜色。

如果不是因为在一次航海中遭遇了一场意外，失去了左腿自膝盖以下的部位，比尔船长现在一定还过着自由自在的航海生活。那条假肢当然比不上真腿灵活，但是走路的时候没有太大的问题，空闲的时候，他不是带着特洛特去海上划划舢板，就是和她一起去试试风帆。每到这个时候，特洛特就会觉得特别开心。但是，他再也不能像其他水手一样爬桅杆或在甲板上干正经活儿了，这对他来说无疑是生命中最大的遗憾。失去一条腿，对他来说意味着水手生涯的终结。现在，他把所有的心思都放在这个日日陪伴他的小女孩身上，悉心地教导她，这为他残缺的人生增添了无穷的乐趣，他甚至已经把她当成了自己的精神寄托。

特洛特出生后不久，比尔船长的那条腿就出事了，之后就在特洛特的母亲那里住了下来，成了一位"明星房客"。每星期的房租对他来说不是什么问题，他攒的钱完全足够付房租了。他打心眼里喜欢这个可爱的小女孩，总是乐呵呵地把她抱在怀里。那个时候的小孩一般都没有童车，她也是，但比尔船长宽厚而结实的肩膀就是她的第一辆童车。当她开始学走路时，她和船长的关系就变得更加亲密了，他们经常在一起玩各种游戏，进行各种令人担心的冒险。有人说特洛特是个特殊的小孩，在她出生时仙女曾到她的家里，在她的额头上留下了一些神奇的痕迹，普通人根本看不见，

因此她可以看见或经历一些稀奇古怪的事情。

那棵老槐树耸立在一处很高的陡岸上，下面的那条狭窄的小路弯弯曲曲地通向海边。海边的岩石上拴着一艘小船，那就是比尔船长的小船。在一个闷热的下午，空气就像凝固了一般，比尔船长和特洛特静静地坐在树荫下，打算太阳一落山就去划船。

他们的目标是一个大岩洞。附近海岸的岩壁由于海水长时间的冲击，形成了无数个神秘的岩洞。小女孩和老水手已经探索过这些岩洞许多次了，每一次都流连忘返，对他们来说，探索深藏在岩洞里那令人敬畏的奥秘就是他们日常最大的乐趣。

"比尔船长，我们可以出发了吗？"特洛特问。

老人敏锐地看了看天空、大海和那条纹丝不动的小船，然后坚定地摇了摇头。

"或许是吧，特洛特，"他回答道，"天色已经不早了，但是今天这样的情况我不是很愿意出海。"

"今天有什么情况？"特洛特疑惑地问。

"我不知道应该怎么说你才能明白。今天的一切都太安静了，我有一种不好的预感。瞧，一点儿风都没有，海面上也看不见一丁点波纹，天上一只海鸥都没有。今天这么热，肯定是全年最热的一天。虽然我不是天气预报员，但是稍微有点经验的水手都知道这样的天气是不适合出海的。"

"我觉得并没有什么奇怪的。"特洛特说，"如果天上有云，就算只有我的大拇指那么大，我们或许还可以担心，但是现在，天气很晴朗啊。"

老人迟疑着又看了看天空，点了点头。

"好吧，去岩洞应该没事。"他不想让特洛特失望，只好答应了她的请求，"岩洞就在附近，我们当心点就好了。走吧，特洛特。"

特洛特和比尔船长一起慢慢地走向海滩。路上坑坑洼洼的，但是特洛特走得很轻松，比尔船长却因为那条僵硬的木头腿，时不时就要抓住路边的石块和树根之类的东西，生怕自己摔倒。如果是在平地上，他和正常人没什么两样，但是上下坡对他来说有些费劲。

他们顺利地来到了小船边。当特洛特熟练地解开拴着船的缆绳的时候，比尔船长从一个岩石缝里掏出了一盒火柴和一些蜡烛，随手放进了雨衣的一个大口袋里。那是一件油布短雨衣，比尔船长一年四季都会穿在身上，当然，他也可能不穿外衣。每次出行前，雨衣的口袋都会塞得满满的，里面装着各种各样的玩意儿，用的，玩的，应有尽有，有折刀、线、渔钩、钉子、铁盒、纽扣等等。这些东西是比尔船长的心肝宝贝，特洛特常常在想，它们到底是从哪儿来的呢？那两把折刀一大一小，再加上乱七八糟的绳子、渔钩和钉子，这些东西偶尔还有些用处；至于贝壳、那些不知道里面装的是什么的铁盒子、纽扣和铁钳，还有一个看起来普普通通的玻璃瓶，里面装的却是奇形怪状的小石头，特洛特想破了脑袋，也不知道它们到底能派上什么用场。但是不管怎么样，那都是比尔船长的事，别人根本管不着。瞧，他又把一些蜡烛和火柴放进了口袋里，特洛特一句话都没说，因为她非常清楚，那些都是进岩洞后照明用的。

水手对划船很在行，不仅力气大，而且对其中的小窍门一清二楚。特洛特老老实实地坐在船尾，负责掌舵。他们从一个环状的小海湾出发，只要穿过一个比它大的海湾，就能到达今天要去的岩洞了。

"船长，你看，那是什么？"小船刚刚驶离海岸大约一海里，只穿越了大海湾的一半路程，特洛特突然紧张地坐直了身子，大声惊呼道。

船长停下手上的动作，顺着特洛特的目光看了过去，满不在乎地说："那应该是一个漩涡。"

"哪儿来的漩涡呢？"

"气流旋转的时候也让海水旋转起来了。情况不妙，我们可能遇上大麻烦了，孩子。你看，周围的空气也不动了。"船长有些不安。

"怎么办？它正在往我们这边过来。"特洛特着急地说。

船长急切地抓过木桨，拼命地向岸边划去。"不是它过来了，而是我们被它吸过去了。"

特洛特使劲地握着船舵，想掉头。之前被太阳晒红的小脸现在已经吓得失去了血色，看得出来她很害怕，却什么都没有说。

　　小船距离漩涡越来越近，甚至能清楚地听到海水发出的轰隆的声响，让人不寒而栗。这个漩涡远比他们想象的更加强劲，附近的海面已经形成了一个巨大的黑洞，就像一个巨大的盆，盆周围的海水从四面八方汇聚而来，顷刻间就坠入了洞中。在黑洞的四周，强大的离心力把下坠的海水变成了一道结实的水墙。

　　转眼间，他们的小船来到了这个盆状漩涡的边缘。比尔船长比特洛特更加清楚现在的状况，如果不能尽快离开这个激流，他们很快就会掉进那个可怕的黑洞里。为了逃命，他只能拼命地挥舞着双桨。但是他太过用力了，随着啪的一声，左边的船桨断成了两截，他重重地摔在了船舱里。

　　他赶紧爬了起来，注视着舷外的情况。只见船尾的特洛特咬着嘴唇安静地坐着，一动不动，美丽的大眼睛里闪烁着恍惚而严肃的神色。现在，他们的船已经开始在漩涡周围打转，而且转得越来越快，离中央的黑洞越来越近。这个时候他们都明白已经没有办法逃开了。比尔船长转过身子，使劲地搂着特洛特，想帮这个可怜的小女孩逃离这场厄运。他什么都不想说，即便他说了，最终也会淹没在海水的咆哮声里。

　　这不是他们第一次遇到危险，但这绝对是最危险的一次。但好在比尔船长不打算听从命运的安排，因为他看着特洛特的眼神时想起了一件事：不管遇到什么危险，总会有一股神奇的力量来保护她。

　　眼睁睁地看着那个可怕的黑洞不断地逼近他们，他们都鼓起勇气，镇定自若地等待着命运的降临。

第二章

神秘的海底洞穴

在盆状漩涡的中央，水圈越来越小的同时，小船转得越来越快，特洛特觉得头晕目眩。突然，小船弹跳了一下后就变得船头朝下，掉进了可怕的黑洞里。飞速旋转产生了巨大的离心力，船长和特洛特被甩到了船舱外。然后，他们俩像螺旋一样飞速下降。庆幸的是，他们依然紧紧地抱在一起。

不一会儿，下降的速度慢了下来。特洛特产生了一种奇怪的感觉，觉得有无数双强劲有力的臂膀托着她，保护着她。但是因为四周都是海水，她什么都看不见，只能看到模糊的影子。她害怕极了，牢牢地拽着比尔船长的那件雨衣，比尔船长也把她抱得紧紧的。他们缓慢地下沉，然后又慢慢地上浮。

虽然什么也看不见，但是特洛特能够敏锐地感觉到，他们上升的方向并不是刚才下降的方向，而且身边的海水并没有紧紧地围绕在他们身边，她觉得自己应该是沿着一个斜面，穿过静止、阴冷的海底向上升。突然——或许这个词并不足以形容时间有多快——他们被一股强大的力量推出了海面，落在了沙滩上。暂时脱离危险的船长和特洛特被海水呛得说不出话来，大口地喘着粗气，还没明白过来到底发生了什么。

这一切发生得太突然了，过了好一会儿特洛特才回过神来。她挣开比尔船长强有力的臂膀，擦干眼睛里的海水，四处打量起来。沐浴在淡蓝色的光线中，她的头顶和四周被高低不平的岩石包围着，她觉得这里可能是一个岩洞。他们所在的地方是一片干净的小沙滩，旁边还有一个水潭——这个水潭一定和大海相通。沙滩以水潭为中心，从四面八方倾斜向上，越往上走，岩石就越多，一直延伸到一个幽暗的岩洞深处，水潭的光线无法照到那里。

岩洞中乱石嶙峋，十分荒凉，但是比起葬身大海来，特洛特还是对神秘的力量将他们带到了这里而感到庆幸不已，并且她没有受伤。这时，比尔船长也醒过来了，他一边擦着脸上的水，一边用力将灌进肺里的海水咳出来。岩洞里既暖和又舒适，所以即使他们俩浑身湿淋淋的，特洛特也并没有觉得沮丧。

特洛特慢慢地爬向沙滩的高处，捡了一把干燥的水草，用它来擦拭比尔船长头上和身上的水。过了好一会儿，比尔船长才坐了起来，仔细地打量着特洛特，高兴地说：

"看见你真是太好了，特洛特。我们都还活着，是吗？真是搞不懂，我们为什么没有葬身大海，又是怎样来到这里的呢？"

"先歇会儿，船长，"她回答道，"放心吧，我们暂时还是很安全的。"

他用力地把裤子里的水拧了出来，又仔细地检查了一下自己身体的各个部位，他的木头腿还在，手臂和脑袋也是好好的。谢天谢地，他的身体是完整的。然后，他开始观察起周围的环境来。

"特洛特，你觉得我们现在是在哪儿呢？"比尔船长问。

"我也不能确定，我估计我们应该在某个岩洞里。"

"并不是你想的那样，"船长摇摇头说，"你还记得吗，我们上升的距离还没有下沉的一半，你再瞧瞧这个岩洞，竟然一个出口都没有。依我看，这就是个在普通水潭上面隆起的空地。如果洞里没有通道，我们恐怕要永远地留在这里了。"

特洛特沉思着回头看了看。

"那我们休息一会儿就去寻找出口吧！"

比尔船长掏出了雨衣口袋里的烟斗，烟斗和烟叶都用油布包裹着，火柴则放在一个密封的铁盒子里，所以它们都是干的。坐下后不久，船长就心满意足地抽起了烟。特洛特知道，一遇到难题，抽烟总是能让船长开动脑筋。而且，不久前发生的那次可怕的下沉让他更加担心特洛特，而抽烟是平复心情最好的办法。

他们坐在干燥的沙滩上，从他们身上流下来的水很快就被沙子全部吸收了。特洛特把头发里的水也拧干了，顿时觉得神清气爽。他们慢慢地站了起来，弓着腰，朝上面走去，那里到处都是巨大的砾石。他们时而在两块大石头之间穿梭，时而在巨大的砾石周围绕行，好不容易才来到了岩洞的最深处。

"瞧，那儿有个洞！"特洛特激动地叫了起来。

"可是里面太黑了。"船长说。

"但它是我们唯一的希望啊，不管怎么样，我们都必须进去看看。"特洛特十分坚定。

比尔船长满脸疑惑地走进了洞里。

"特洛特，说不定那里就是出口，"他说，"但是也有可能比这里的情况更加糟糕。我不太确定，所以咱们还是老老实实地待在这儿吧。"

听了船长的话，特洛特也迟疑了。她想了一会儿，最终还是回到了沙滩，比尔船长就跟在她后面。坐下来后，特洛特若有所思地望着比尔船长那鼓鼓囊囊的口袋。

"船长，我们带了多少吃的？"特洛特问。

"只有一大块奶酪和半打硬饼干，"比尔船长回答道，"你饿了吗？"

"没有。我算了算，这些食物我们省省的话能吃两三天吧！"特洛特摇摇头说。

"放心吧，特洛特，我们可以坚持更长的时间。"比尔船长说，但是他看起来十分忧虑和不安。

"但是，如果我们不能离开这儿，迟早会饿死的。"特洛特又说，"去黑洞，说不定咱们——"

"听我说，特洛特，饥饿并不是这世上最难解决的事，"比尔船长神情严肃地说，"谁都不知道黑洞里面到底是什么，也不知道它会通向哪里。"

"谜底总有一天会揭开。"特洛特说。

看着不断给自己加油打气的小女孩，老先生没有再说什么，而是从口袋里拿出了一个小包，里面装的是渔钩和一根长长的渔线。比尔船长熟练地将线套上渔钩，然后弓着身子朝坡的上方走去，翻开了一块水潭边的大石头。只见两三只小螃蟹仓皇地从石头下钻了出来，想要逃走。船长把这些小螃蟹一只只捡起来，在渔钩上挂了一只，其余的全都装进了口袋。然后他回到水潭边，用力地把渔钩一挥。渔钩在头顶上划了个大大的圆圈，接着就落在了水潭的中央。渔钩慢慢地沉入水里，手里的线很快就放完了。然后，他又开始往回拉，直到渔钩上的鱼饵露出水面为止。

船长将渔钩一次次拉出来又抛进去，却始终毫无收获。特洛特猜想，要么就是水潭里根本就没有鱼，要么就是这里的鱼对小螃蟹不感兴趣。但是作为一名老水手，比尔船长绝不会轻言放弃。小螃蟹一次次从渔钩上逃走，就连最后一只小螃蟹也消失得无影无踪了，他只好重新捉了几只。

特洛特看得有些不耐烦了，很快就在沙滩上睡着了。大约两个小时后，

她和船长的衣服全都干了。他们和大海打交道不是一两回了，抗寒能力不是一般的强。

最后，特洛特从一阵响亮的溅水声和船长爽朗的笑声中惊醒过来，只见船长手里拿着一条大约两磅重的银白色大鱼。特洛特一下子来了精神，连忙起身找来一些水草。船长用随身携带的折刀将鱼开膛破肚，然后清洗干净，打算烧鱼。

这不是他们第一次用水草烧鱼。船长用特洛特找来的水草将鱼包得严严实实的，放进水里打湿，然后点燃了特洛特拢好的那堆水草。等到草堆烧成灰烬时，他们把用水草裹着的鱼放入灰烬，还在上面盖了一层水草。他们一直重复这个动作，直到船长觉得鱼熟了才拨开上面的灰烬，小心翼翼地把仍在冒烟的鱼取出来。湿水草里面的鱼已经熟透了，他们津津有味地吃了起来。鱼肉里还散发着淡淡的水草味，要是再加上一些盐巴，那就再好不过了。

被火堆照亮的岩洞也渐渐暗了下来。幸好周围有很多水草，他们吃完鱼又加了一些草，让火能够燃烧得更久一些。船长从百宝箱一样的口袋里掏出了一个小铁皮水壶，拧开盖子后递给了特洛特。特洛特口渴得不行，但只是抿了一小口，因为她发现船长只是用水打湿了一下嘴唇。

"比尔船长，就算我们可以解决吃的问题，但是要从哪里弄到淡水呢？"特洛特盯着红通通的火堆说。

比尔船长不安地挪动了一下身子，沉默不语。他们不约而同地想到了那个黑洞，特洛特并不觉得那里很可怕，但船长就是不愿意去那里。不过，他不得不承认，特洛特说得对。如果继续待在这个岩洞里，等待他们的只有一个结局，那就是死，这一点毫无疑问。

世界被黑暗笼罩了，特洛特困得眼睛都快睁不开了，很快就进入了梦乡。过了一会儿，船长也呼呼大睡起来。夜很静，岩洞里更静，没有任何声音来打扰他们。一觉醒来，他们发现洞里又有了一丝亮光。

他们分着吃完了一块硬饼干，这就是他们的早饭。突然，水潭中传来了扑通一声，吓了他们一大跳。他们下意识地朝水潭看去，只见一个长得奇形怪状的东西从水里冒了出来。特洛特非常确定他不是鱼，也不像是兽类。他像鸟儿一样拥有一对翅膀，但是翅膀和一个倒过来的碗状物差不多，除了一张坚硬的皮之外，上面光秃秃的；他有四只脚，和鹳的脚很像，不过鹳只有两只脚；他的头和鹦鹉很相像，嘴巴又长又尖，前面向下弯曲着，两边则向上突起，既有些像鸟喙，又有些像怪兽的嘴巴。此外，他的脑袋上还顶着一簇红色的波状羽冠，身上连一根羽毛都没有，所以绝对不是鸟。眼前这个体积庞大的奇怪生物肯定和比尔船长差不多重，现在正拼命地挣扎着要来到沙滩上。特洛特和比尔船长惊奇地打量着它，眼神中还夹杂着一丝恐惧。

第三章

认识奥克

与特洛特和比尔船长的恐惧相比，这个奇怪的生物看他们的眼神却是快乐而温和的。这个新来的伙伴并不像他们想象的那样气势凌人，对他们的出现同样很惊讶。

"船长，你知道那是什么吗？"特洛特小声地说。

"小姑娘，你是在说我吗？"那个怪家伙发出了尖细的声音，"我是一个奥克。"

"什么？奥克是什么？"她问。

"我就是奥克啊。能从这样的大海中逃脱，然后重新回到陆地上，足以说明我是一只超级厉害的、独一无二的好奥克。"他一边说，一边骄傲地抖了抖身上的海水。

"你在水里待了很长时间？"比尔船长问。在他看来，即便是怪物，也要表现出来对它很感兴趣，这是基本的礼貌。

"不完全是，我这次待了十几分钟，应该是九分六十秒。"奥克回答道，"昨天晚上，我被一个恐怖的漩涡卷进了岩洞，后来——"

"你也是被漩涡带到这里的？"特洛特打断了奥克的话。

比尔船长有些责备地看了她一眼，示意她让奥克继续说下去。

"小姑娘，请听我说完好吗？"奥克也有些不满，"要知道，我一直很小心，昨天那个漩涡实在很湍急，我就想去探个究竟。可是没想到周围的气流太过强大，于是我就被吸入了海底。水可是我的天敌，在我快要绝望的时候，幸好被一群美人鱼救了，于是我就到了这里。"

"天啊，我们的遭遇简直一模一样，"特洛特大声嚷嚷道，"你那个岩洞和这个是一样的吗？"

"让我先看看。"奥克说，"如果它们真的是一样的，我们恐怕就要倒大霉了。那个岩洞和牢房差不多，只有水潭这唯一的一条通道。我在那里困了一整晚，今天早上好不容易才跳进水潭，拼命地往下游。我的背部被坚硬的岩石摩擦了无数次，如果不是我运气好，早就被一个凶猛的海怪吃了。后来，我慢慢地浮出水面呼吸新鲜的空气时，才猛然发现自己来到了这里。我的经历就是这样。你们大概有什么吃的，请你们给我一点吧，我快饿死了。"

说完，奥克就坐在了他们旁边。尽管非常不情愿，比尔船长还是给了他一块饼干。奥克迅速地用前爪抓住饼干，迫不及待地啃咬起来，像鹦鹉吃食一样。

"我们也只有一点食物，"比尔船长说，"但是和患难之交分享也不错。"

"没错，"奥克高兴地摇晃着脑袋说。然后，他们都专心地啃起了饼干。过了一会儿，特洛特打破了沉默：

"我从来不知道这世界上还有奥克呢。你的奥克朋友很多吗？"

"已经不多了，全世界大概只有几十只了。"他回答道，"在我生活的国度，我们是高高在上的统治者，不管是小蚂蚁还是大象，所有的动物都要听我们的。"

"哪里？"

"奥克王国。"

"奥克王国？在什么地方？"

"我也说不清楚。在我们国家，伙伴们都比较老实本分，他们几乎都不会离开家乡，除了我以外。我喜欢去远方，我的父亲再三警告我，说这样早晚会出大事。"

"'世界太大了，小筋斗，我亲爱的儿子，'他总是不厌其烦地说，'在世界上的某个角落，居住着一群奇怪的生物，他们长着两条腿，会对所有的生物发起攻击，甚至是奥克，他们就是人类。'

"他越是警告我，我就越觉得好奇。于是，我在完成了学业之后，就毅然决定飞往父亲所说的地方去寻找人类，事先没有告诉任何人，这让我觉得后悔不已。一路上，我历经千辛万苦，看见了人类好几次，但是都离他们远远的。就算是在飞行的过程中，我也受到了长着丰满羽毛的大鸟的攻击。不仅如此，我还要时刻小心在空中四处游荡的飞船。一路寻找一路战斗，最后，我迷路了，也不知道自己到底飞了多远。几个月来，我一直在寻找回家的路，但是现在又被这该死的漩涡卷了进来。"

特洛特和比尔船长都兴致勃勃地听奥克讲述自己的经历。从奥克的话语中不难发现，他虽然长得丑陋无比，却十分友好，他们最初的担心完全是多余的。奥克像猫一样蹲在沙滩上，前脚的爪子像是我们人类的手一样灵活，身体的尾端还长着一个尾巴，形状看上去像是船上的螺旋桨，而表面又像是一把扇子，——这算得上是他身上最奇怪的地方了。比尔船长在长期的航海生活中也积累了不少机械知识，他盯着奥克的尾巴问："你一定飞得很快吧？"

"当然，我们奥克可是'天空之王'。"

"但是你的翅膀看起来好像没有什么用处。"特洛特说。

"是的，我的速度跟翅膀没有太大的关系，"奥克坦承道，"我们都是靠尾巴加速，然后翅膀只是在空中支撑一下身体。不管怎么说，我长得很漂亮，不是吗？"

特洛特并不觉得他长得漂亮，比尔船长却表示十分赞同。"是的，虽然我从未见过奥克，但是你实在是太了不起了，绝不会比其他任何奥克差。"船长说。

听了船长的话，奥克高兴得在岩洞里走来走去，上坡对他来说和在平地上走没什么两样。他离开后，特洛特和船长又分别抿了一小口水，好不容易才把又干又硬的饼干咽了下去。

"嘿，这里有出口，是一条通道！快来啊，这儿有个洞！"奥克在上面激动地大叫着。

"我们昨晚就已经发现了。"特洛特说。

"那为什么不赶紧离开呢？"说完，奥克把头伸进了黑洞，吸了吸鼻子说，"里面的空气很新鲜，而且甜甜的，怎么会把我们带到更糟的地方呢？"

船长和特洛特也走了过去。

"你来的时候我们正打算进去看看，"船长解释道，"不过里面太黑了，我们还是先点上一支蜡烛吧。"

"什么是蜡烛？"

"一会儿你就知道了。"特洛特回答。

船长先是从衣服右边的口袋里掏出了一支蜡烛，然后从左边口袋里拿出了一盒火柴。火柴燃烧的一瞬间，奥克的眼睛充满了惊喜和疑惑，直勾勾地看着跳动的火苗燃亮了蜡烛，这一切都让他觉得像变戏法似的。

"光明啊，"奥克不安地问，"能帮我们照亮前方的路，但是会不会伤害我们呢？"

"当然，危险还是有的，有时候它会烫到你的手。"特洛特回答道，"不过，你只要及时吹灭它就没事了。"

他们交谈的时候，比尔船长已经用手护着火苗探身钻进了黑洞，入口的地方刚好能够容纳一个成年人。向前爬了几英尺①后，洞突然变大了。特洛特紧紧地跟着船长，奥克走在最后。

———
① 英美制长度单位。1英尺约为 0.3 米。

"这个黑洞看上去就是一条普通的隧洞啊。"船长自言自语道。他的木腿爬起来很不方便，所以他们的速度很慢，而且洞里的岩石磨得他的膝盖火辣辣地疼。

他们三个沿着隧洞弯弯曲曲地爬上爬下，大约过了半个小时，比尔船长突然叹着气停了下来，失望地叫喊起来。他举起蜡烛照了照前方。

"船长，怎么了？"特洛特着急地问。比尔船长的身躯挡住了她的视野，她不知道前面到底怎么了。

"唉，前面好像没有路了。"

"前面被岩石封死了吗？"奥克问。

"没有，但是比封死了更加糟糕。"比尔船长垂头丧气地说，"我正好在一道悬崖边上，你们可以自己来看看。等等，我挪一下，特洛特，小心啊！"

比尔船长继续往前挪动了一点，然后侧开身子，举着蜡烛，这样特洛特就可以看见前面的情况了。奥克也跟了上去。现在，他们三个全都跪在一道狭窄而突出的岩壁架上，下面则是黑乎乎的一片，至于下面有什么，有多深，他们小小的蜡烛根本照不见。

"看上去情况确实很糟，"奥克在悬崖的边缘低着头说，"把蜡烛给我，我飞下去看看。"

"你不会感到害怕吗？"特洛特问。

"当然怕啦，"奥克回答道，"可是我们总不能一直待在这里吧。你们又不会飞，只能我下去看看了。"

奥克小心地从比尔船长手中接过只剩下一半的蜡烛，身子向前一倾，沿着岩壁飞了下去。接着，船长和特洛特就听见了从他的尾巴那里发出的嗡嗡声，还有那对奇怪的翅膀发出的响亮的扑打声。但是现在，他们最想知道的是，那个小亮点到底在哪里。小亮点先是转个了圈，然后就慢慢地坠落，最后彻底消失了。他们又陷入了黑暗中。

"喂，上面的人，这东西怎么不亮了啊？"奥克大喊道。

"估计是蜡烛被吹灭了，"船长大声喊道，"你上来再取一支吧。"

"可我根本看不见你们。"奥克说。

为了让奥克找到返回的路，比尔船长又点燃了一支蜡烛。奥克很快飞了回来，小心地站在崖壁的边上，把那支熄灭的蜡烛递了过去。

"我都没有吹，它怎么会灭呢？"奥克不解地问。

"是风把它吹灭了，"特洛特说，"这次你一定要当心。"

"下面是什么情况？"比尔船长问。

"我还没看清楚，不过我想一定有一个底，我再去看看。"

说完，他又飞走了。这一次，他下降得很慢，蜡烛的光圈慢慢地凝聚成了一个亮点，接着亮点往左移去，又像上次那样突然不见了。

过了好几分钟，亮光才重新回到了他们的视野。比尔船长手里也握着一支点燃的蜡烛，所以奥克顺利地飞了回来。眼看着离崖壁只有几码远了，奥克却突然尖叫着扔掉了蜡烛。接着，他站在壁架上，疯狂地用翅膀拍打着崖壁。

"怎么啦？"特洛特关切地问。

"它咬我！"奥克悲伤地说，"你们的蜡烛太可恶了，从我的爪子拿起它的那一刻开始，它就不断地变小，刚刚还咬了我一口呢——这实在是太不友好了——哎哟，疼死我了。"

"抱歉，但是蜡烛就是这样的。"比尔船长笑着解释道，"拿它的时候一定要小心。快说说，下面是什么情况。"

"我发现了一条通道。"奥克一边抚摸着被烫伤的爪子一边说，"我们下面有一个黑色的湖泊，左边还有一个隧洞，在那里面走应该不成问题。我不知道它会把我们带去哪儿，但是我们应该尝试着去看看。"

"可是，我们怎样才能去那里呢？"特洛特着急地问，"你又不是不知道，我们不会飞。"

"你说得很对。"奥克想了一会儿，说，"你们人类的身体长得真是奇怪，只能在陆地上爬行。算了，你们趴在我的背上，我背你们飞下去吧。"

"你确定我们可以平安地到达那里吗？"船长不敢相信。

"当然。你看我这么强壮，不要说驮你们两个，就算是十二个也没有问题，你们好好坐着就行。但是，我一次只能驮一个人，所以我得跑两趟。"

"好，那我先下去吧！"比尔船长说。

他点燃一支蜡烛交给特洛特，这样就可以为奥克照亮返回的路。然后，他坐到奥克的背上，那条僵硬的木头腿直挺挺地冲着外面。

"你一会儿要牢牢地抓住我的脖子，别掉下去了。"奥克叮嘱道。

"如果我掉下去了，就在此长眠吧！"船长说。

"你准备好了吗？"奥克问。

"好了，启动你的尾巴吧！"船长有些紧张。不过，奥克飞得很稳，并没有左右摇晃。

特洛特静静地坐在悬崖边，看着比尔船长手中的蜡烛慢慢地消失。壁架下面是一个黑水湖，她不想独自一人待在这个危险的地方，但是作为一个勇敢的小女孩，她唯一能做的就是等着奥克的归来。幸运的是，奥克回来得比她预想的早了很多，他对她说：

"你的朋友已经安全地到达隧洞了，我们也启程吧！"

坐在奥克光溜溜的背上，在一个恐怖的黑洞里旅行，恐怕没有几个小女孩会对这样的经历感兴趣。特洛特也不例外，但是现在除了勇敢一点，她没有其他的选择。等待着他们的是一场未知的黑洞穿越，特洛特的心怦怦乱跳，浑身直哆嗦，连手里的蜡烛都差点握不住了。

虽然奥克很快就完成了这次黑洞穿越，特洛特却觉得过了好久好久。没多久，特洛特就来到了一块平地上，比尔船长就站在那里。这是一个拱形的隧洞。看见特洛特时，比尔船长特别高兴，他们都对奥克表示了由衷的谢意。

"我不确定隧洞会通往哪里，"比尔船长说，"但是看上去比之前爬过的那个好得多。"

"奥克，你先休息一会儿"特洛特说，"我们去前面看看情况。"

"不用！"奥克尖细的嗓音叫了起来，语气中满是责备，"这一点儿路对我来说根本就是小意思，我能一口气飞好几天呢。"

"那好，我们一起走吧。"船长说。他依然举着手里的蜡烛走在最前面，特洛特吹灭了自己手中的蜡烛，放进了船长的口袋里。这个聪明的小女孩知道，同时让两支蜡烛燃烧并不是什么明智之举。

这个隧洞的确比刚才那个好多了，很直，而且没有那么多的磕碰，所以他们走得很快。特洛特觉得，这个隧洞离他们最开始掉进去的那个洞差不多有两英里①，但是多远，谁都无法断定。他们一直往前走，好几个小时过去了，他们依然没有走出隧道。

于是，比尔船长决定停下来休息一会儿。

"这个洞肯定没那么简单，"船长灰心地说，"蜡烛已经用掉了三支，只剩下三支了，但是隧洞里的情形和我们出发时几乎一模一样，一点儿变化都没有，天知道尽头到底在哪里啊！"

"要不，行走的时候就把蜡烛灭了，"特洛特建议道，"路上看起来没什么危险。"

"暂时是安全的，"船长说，"可是谁也不能保证前面不会有什么危险，比如深渊，或者其他类似的危险。如果真的遇到了，在我们反应过来之前就没命了。"

"那让我走在前面吧，"奥克说，"就算摔下去了，我也不怕，你们听我的喊叫声就可以了。"

"这个办法不错，"特洛特说，比尔船长也对此表示赞同。于是，奥克摸着黑走在前面，他们拉着彼此的手，继续前进。

又走了很长一段时间，奥克停了下来，因为他饿了，要吃东西。比尔船长始终闭口不提吃饭的事，因为他现在只剩下三块硬饼干和一块两个指

① 英美制长度单位。1英里约为1.6公里。

头大小的奶酪了。他想了又想，叹着气分给了奥克半块饼干。奥克不喜欢奶酪，所以船长把奶酪分成了两半，和特洛特一人一半。他们点了一支蜡烛，坐在洞里吃了起来。

"我的脚好疼，"奥克抱怨道，"在陆地上走不是我的强项。这条石路坑坑洼洼的，真是要命。"

"你可以飞啊。"特洛特说。

"这个洞太低了，我飞不起来。"奥克说。

吃完东西后，他们又上路了。特洛特也开始担心这条路是否有尽头。比尔船长看出来特洛特已经很累了，于是停下来点燃了一支火柴，看了看他手腕上的那块大银表。

"已经是晚上了，"船长建议道，"我们已经走了一整天，但还是没什么变化。说不定，这条该死的通道会一直穿过地球的中心，或者是环形的，那样的话我们就能走上一辈子，直到生命结束的那一刻为止。我们不知道前面的情形，也对后面的情况一无所知，依我看，我们还是先休息一下，明天早上再说吧。"

"太好了，"奥克第一个表示赞同，"我的脚疼死了。那几公里走得我的脚都快断了。"

"我也是，脚疼得要命。"比尔船长说完，一屁股坐在了一块平坦的地方。

"你的脚？"奥克不满地喊道，"你只有一只脚，可我有四只呀，我的痛苦可是你的四倍。把蜡烛给我用用，我的脚底肯定长满了水泡。"在微弱的火光中，他仔细地查看着自己的脚爪。

"哈哈，说不定你长的是鸡眼呢。"特洛特哈哈大笑着坐到了他们身边。

"鸡眼？开什么玩笑？奥克怎么会长鸡眼？！"奥克坐在一边揉着脚抗议着。

"也许就是《天路历程》里讲到的那个。比尔船长，叫什么来着？"

"拇指囊肿胀。"船长回答道。

"对，或许你就是拇指囊肿胀。"

"或许吧，"奥克发出了痛苦的呻吟声，"那都不重要。反正我不想走了，如果再走一天，我肯定会变成疯子。"

"明天早上就会好的，相信我！"船长鼓励道，"睡一觉，什么都别想。"

奥克不满地看了看船长，幸好没有被他发现。然后，奥克哀求着说："我还饿着呢，吃点儿东西吧。"

"可是我只剩下半块饼干了，"比尔船长回答道，"没有人知道我们还要在这里待多久，这里什么吃的都没有，还是把这仅有的一点东西留着以后再吃吧。"

"给我吧，"奥克坚决地说，"我宁愿没有食物了一下子饿死，也不愿意守着一点点食物慢慢地受折磨。"

比尔船长将属于奥克的饼干递给他，他三两下就吃完了。特洛特也饿了，小心翼翼地向比尔船长要属于她的那份。船长把自己的那份分成两半，递了一半给特洛特，属于特洛特的那份则留了下来，以备不时之需。

吃完饼干后，特洛特和奥克相继睡下了，奥克的呼噜声很快就在安静的隧洞里回响着。比尔船长不由得担心起了特洛特。他靠着岩石坐下，拿出烟抽了起来，想要寻找一个能够快速离开隧洞的办法。过了一会儿，他也由于太疲惫，迷迷糊糊地睡着了。拖着一条木头腿走了一整天，这实在太难为他了。他们睡了好几个小时后，奥克用脚踢醒了船长。

"天应该亮了吧！"

第四章

重返陆地

比尔船长睁开眼睛，划亮一根火柴，看了看手表。

"九点了，又是新的一天啦。我们继续走吗？"他问。

"必须走啊，"奥克回答道，"只要这个洞有尽头，我们就一定能走出去。"

船长轻轻地唤醒了身边的特洛特。她昨晚应该休息得不错，翻身就站了起来。

"继续赶路吧！"小女孩说。

他们刚走了没几步，就听见最前方的奥克的惨叫声，接着就是拍打翅膀的声音，然后尾巴就飞速地旋转起来了。船长和特洛特立刻停了下来。

"什么情况？"船长连忙问。

"给我点支蜡烛吧，"奥克说，"我想我们是走到头了。"比尔船长点亮蜡烛后，奥克又开始唠叨起来，"早知道是这样，我们还不如多睡一会儿呢，反正前面没有路了。"

船长拿着蜡烛，和特洛特一起小心翼翼地向前方走去。他们的面前是一道石壁，在蜡烛的光亮下，船长发现石壁左侧有一个弯道。他们走了进去，弯道很窄，没多久就发现了另一个向右拐的急转弯。

"船长，把蜡烛灭了吧。"奥克说，"我好像看见光了。"

奥克说完不久，一道柔和的光线就慢慢映入了他们的视野。适应了之后，他们发现光是从上面照下来的，他们仰头一看，猛然发现自己站在一口井的底部。井很深，而且再无其他出路。

他们默默地看着彼此，眼前的一幕至少会让他们中的两个人灰心丧气。但是，奥克欢快地吹了个口哨，说："太好了，这段可怕的旅程终于可以结束了！但问题是，如果我们飞不出去，一定会死在这里。"

"奥克，这么小的地方你能飞吗？"特洛特有些担心。

"是啊，井口小，而且是垂直的，你能够起飞吗？"船长也表现出了焦虑。

"哼，如果我是那些长满羽毛的丑得要命的普通鸟类，那当然是不可能的。"奥克说，"但是你们可不要小看了我的尾巴，它一定会创造奇迹的。擦亮你们的眼睛，等着看好戏吧。"

"什么？"特洛特叫喊道，"你要带我们一起飞上去？"

"当然！"奥克说。

"算了吧，"船长说，"你自己先上去，然后找几个人带绳子来帮忙。"

"不行，绳子太危险了。"奥克说，"如果没有这么长的绳子怎么办？请相信我，只要我能飞上去，就一定能带你们上去。"

"我相信你，奥克！"特洛特不想再继续待在井底了。

"如果我们不小心掉下来，怎么办？"船长还是觉得不放心。

奥克有些不耐烦了，说："要掉下来也是一起掉啊，怕什么？孩子，你先上来吧，坐在我的肩上，搂紧我的脖子。"

看见特洛特听话地爬上了奥克的后背，船长问：

"那我怎么办呢？"

"你啊，只能抓住我的后腿了，我想我可以把你吊上去。"奥克回答道。

比尔船长看了看井口，接着又看了看奥克那双像铅笔一样细的后腿，忍不住叹了一口气。

"我可以抓住你，但是你的腿确定不会有事吗？我们应该不会飞很长时间吧？"他说。

"准备好了吗？我们出发了！"奥克一直信心满满，他转动自己的螺旋桨尾巴时，特洛特感觉自己慢慢地升上了天空。等到奥克的后腿离地后，船长紧紧地抓住他的两只腿不放。奥克的身体变得倾斜了，比尔船长吓得拼命地抓住他的腿，生怕滑下去了。但是，井的直径太小，奥克再小心，也难免会碰到边上的岩石。他的后背好几次撞上了石壁，翅膀碰到了高低不平的石块，疼得他嗷嗷直叫，但他仍然飞快地转动着尾巴，一刻也不敢停。过了一会儿，光线变得越来越亮。井底和井口之间的距离确实不短，可还没等特洛特回过神来，奥克就在井口的地面上降落了。特洛特睁开双眼，重新沐浴在清新的空气和温暖的阳光里。

奥克的另一位乘客——比尔船长就没有那么幸运了。尽管奥克已经十分小心，但是突然停下来的时候还是让船长摔了个跟头。特洛特从奥克背上爬下来时，比尔船长已经坐了起来，兴致勃勃地环顾着四周。

"这个地方真美！"船长说。

"对，地球的确很美！"特洛特表示赞同。

"不知道我们又到了什么地方。"奥克若有所思地转动着一只明亮的大眼睛，接着又转动另一只，兴奋地东张西望。这里虽然有山、有树、有花、有草，风景秀丽，却没有发现房屋，没有丝毫人类生活的痕迹。

"我刚刚下降的时候好像看到了大海，我得去验证一下。"说完，奥克朝附近的小山飞了过去，特洛特和比尔船长也跟了过去。他们爬上山顶才确定自己所在的位置，除了身后的那边树林之外，另外三面都是汪洋大海。

"但愿这不是一个孤岛，特洛特。"船长刚刚放下的心又悬了起来。

"如果真的是，我们就又陷入了困境。"特洛特说。

"是的。"

"但是不管怎么说，这里可比那漆黑的隧洞和满是岩石的洞穴好多了。"特洛特说。

"没错，小家伙，"奥克同意地说，"只要我们出来了，怎么样也比在那充满未知的地下好一百倍。至于以后会发生什么，还是让命运来决定吧，能逃出来本来就很幸运了。"

"我们是挺幸运的。"她说，"不知道这里有什么吃的。"

"走吧，看看去，"船长附和道，"左边的那些看上去像是樱桃树。"

要想去到船长说的长着樱桃树的地方，必须先穿过一块长满藤蔓的田地。比尔船长一直走在最前面，突然被什么东西绊了一下，趴在了地上。

"啊，这里有个瓜！"特洛特看着船长摔倒的地方叫了起来。

比尔船长站起来拍拍身上的土，惊喜地看着西瓜，然后从口袋里掏出那把大折刀，把瓜切开了。瓜已经熟透了，看着就让人流口水。安全起见，船长先拿起一块尝了尝，然后递给特洛特一大块，还给了奥克一些。一开始，奥克不愿意吃，但是尝了一小口之后就爱上了这个味道。吃完之后，他们又顺着藤蔓找到了好多西瓜。特洛特激动地说，"太好了，就算这是个孤岛，我们也能填饱肚子。"

"我们真的很幸运，"船长说，"这些西瓜既可以用来充饥，又可以用来补充水分。"

然后，他们又摘了一些樱桃，还在树林边缘发现了一些野李子。这个树林里到处都是胡桃树、欧洲榛、杏树、樱桃树，他们再也不用担心饿肚子了。

比尔船长和特洛特准备穿过这片树林，去探探路。但是奥克的脚还很疼，走路的时候很费劲，所以想直接飞过去和他们会合。林子并不大，走了大约一刻钟，他们俩就站在了树林的尽头，迎接他们的依然是一片大海。

"这里的确是个孤岛，船长。"特洛特有些失望。

"对，这是一个美丽的孤岛。"比尔船长说，他尽量让自己看起来很镇定，"没事的，万一遇到什么紧急情况，我就做一只木筏，或者干脆造一条小船，这样我们就能离开这儿了。"

船长的话将特洛特低落的情绪一扫而光。

"奥克怎么还没过来呢？"特洛特看了看四周，突然眼前一亮，高兴地叫了起来，"船长，你看，那儿有一座房子，就在左边。"

船长认真地看了看，树林里的确有一个小木棚。

"好像真的是那样。特洛特，那或许不能叫作房子，但至少算得上是个建筑物。走，我们去看看有没有人。"

第五章

别扭的老头子

　　过了一小会儿，他们站在了小木棚前。就像船长说的那样，这个建筑只是一个用树枝搭建的小亭子，四周围了一些树，主要用来挡风。木棚的正面一棵树都没有，面对着大海。比尔船长和特洛特走近一看，一个长着山羊胡子的矮个子老头坐在一个木头凳子上，若有所思地凝望着大海。

　　"走开走开，"老头生气地喊道，"你们挡着我了！"

　　"早上好啊，老先生！"比尔船长有礼貌地向他问好。

　　"好什么好？"老头生气地回答道，"好好的早晨被你们这群人打扰了，有什么好的？"

　　老爷爷的无礼让特洛特很吃惊，比尔船长也觉得很生气，但是仍然耐着性

子问：

"请问，这座岛上还有其他人吗？"

"当然没有，"老头回答道，"这座岛都是我的，你们赶快离开吧，这里不欢迎你们。"

"我们也想尽快离开。"特洛特说完，就拉着比尔船长转身离开了。他们走向沙滩，想去寻找另外的出路。

老头也跟了过来，但是特洛特和船长都气鼓鼓的，谁都不想和他说话。

"什么都没有，"比尔船长一边用手挡着亮光，一边说，"估计我们得在这里待上一段时间。值得庆幸的是，这个岛环境不错，食物也充足。"

"哼，这里并没有你说的那么好，"老头冷不丁地说，"这里的树木太绿，岩石太硬，沙子又太细，空气太潮；就算是一点点气流，也会刮起大风；不管人们愿不愿意，白天总是有太阳，天黑后又不见了。你们留下来就会发现它有多不好了。"

特洛特转过身好奇地打量起这个老头来。

"我不认识你。"她说。

"我是佩西姆，是一个观察家。"他得意地回答道。

"观察家？那你主要观察什么？"特洛特追问道。

"什么都观察。"他看起来更加得意了。突然，佩西姆尖叫了一声，害怕地往后退了几步，因为他发现沙滩上有一些脚印，"天哪，天哪！"

"怎么了？"船长连忙询问。

"地面被压塌了，你们没发现吗？"

"这一点点有什么关系呢？"特洛特看着地上的脚印，也就是老头说的被压塌的地方说。

"当然有关系，"老头煞有其事地说，"如果地面被压塌一英里，就算是一场大灾难了吧？"

"或许是吧。"小女孩赞同地说。

"也就是说，这里陷进去了整整一英寸[①]！也就是十二分之一英尺，比

[①] 英美制长度单位。1英寸为2.54厘米。

一百万分之一英里稍微多点。所以，这就是一百万分之一的灾难。天哪，太可怕了！"佩西姆哽咽着说，差点哭了出来。

"先生，别想这些了，"比尔船长打着圆场，"快下雨了，我们先去你家里躲躲吧。"

"噢，是吗？要下雨了吗？"说着说着，佩西姆竟哭了起来。

"是的，"船长的话音刚落，雨点就落了下来，"虽然我也算得上是个观察员，但是我却没办法阻止下雨这件事。"

"的确，我也没有办法。"佩西姆说，"对了，你现在有时间吗？"

"到你的小木棚就有时间了。"船长说。

"拜托你帮我一个忙。"佩西姆跟在船长和特洛特后面一直念叨着。

"那要看看到底是什么忙了。"船长说。

"请你拿着我的雨伞去海边，为那些可怜的鱼儿撑伞，我担心它们会被淋湿。"佩西姆还没说完，特洛特便大笑起来。比尔船长认为老头跟他开了个很不靠谱的玩笑，有些生气。

他们来到小木棚时衣服还没有湿透。这时，雨下得更大了。当他们站在屋里看着下雨的时候，一个小生物嗡嗡地飞了进来，在佩西姆的头顶上盘旋着。他生气地用手驱赶，同时大声叫嚷着："滚开！可恶的野蜂！"

比尔船长和特洛特抬头看了看，特洛特吃惊地说："他不是野蜂，是一只小奥克！"

"真的是奥克。"船长也觉得很吃惊。

这只奥克只比野蜂稍微大一点，他飞到特洛特的肩膀上，对她说："是我，特洛特，我遇到麻烦了。"

"天哪，你是奥克，我们的奥克？"她更惊讶了。

"我是你们认识的那个奥克，但我是自己的奥克。"小生物回答道。

"你怎么了？怎么会变得这么小？"为了听得更清楚，船长凑近特洛特的肩膀问。佩西姆也走了过来。

奥克说："和你们分开后，我就从树林里飞出来了。我飞过一片灌木林时，看见很多像鹅莓一样的淡紫色果子，好看极了，于是我就下去吃了一颗。可是刚吃完，我的身体就开始变小了。这个过程发生得太快了，想想就觉得害怕。在落到地面之前，我把事情的经过仔细地想了一遍。只是短短几秒钟的时间，我就变成了现在的模样，然后就一直保持这个大小。我反应过来之后就开始寻找你们，可是我这个样子，要找到你们真的太难了。幸好在这里找到了你们，于是我就飞了进来。"

特洛特和比尔船长很是震惊，同时也为奥克感到难过。佩西姆却觉得很好玩，他听完之后就开始哈哈大笑，捂着肚子在地上打滚，差点喘不过气来，开心的泪水从他的脸颊上滚落下来。

"天哪，这太好玩了！"已经笑得趴到地上的佩西姆擦了擦笑出来的眼泪，"太有趣了，简直令人难以置信！"

"他都这样了，你竟然还说好笑！"特洛特生气地说。

"如果你和我有同样的经历，你就会觉得好笑了。"佩西姆站起来，收起笑容，恢复了之前的表情，"我也碰到过这样的事情。"

"真的吗？对了，你是怎么到这里来的呢？"小女孩问。

"不是我要来的，是我的邻居送我来的。"忆起往事，佩西姆的脸色凝重了起来，"所有的邻居都不喜欢我，他们说我老爱和他们吵架，找他们的麻烦。可是我只是指出了一些他们做错的事情，或是事情的本来面目，他们就不断地责备我，最后一致决定把我送到这里来。他们想着，这里只有我一个人，所以我只能找自己的麻烦，跟自己吵架，这真是太好笑了，不是吗？"

"我觉得你的邻居做得很对。"比尔船长说。

佩西姆看了他一眼，想说些什么，可最后还是接着刚才的话说，"等我上了岛，才发现岛上只有我一个人，我便成了这里的国王。岛上有各种各样的野果，都是我从来没有见过的，我每天都以这些野果为生。我尝了几种，味道好极了，而且非常有营养。有一天，我吃了一种薰衣草浆果——和奥克吃的一样——我马上就变得只有两英寸高了。我也害怕、痛苦极了，跟现在的奥克一样，就连走路都觉得费劲，而且不能走太远。地面上的一个小土堆，对我来说都是一座高不可攀的大山；草丛里的每一株小草，都是参天大树；每一粒沙子，都成了巨石。我怀着恐惧与失望，不停地行走，跌跌撞撞地走了好几天，中途还差点儿让癞蛤蟆吃掉了。我也不敢从森林里走出去，因为那样我还要面对海鸥和鸬鹚，对我来说，活着的每一刻都胆战心惊。最后，我决定结束这样的生活，我想着再去吃一颗树莓，让自己死去，噩梦就会彻底消失了。"

"又走了好久，我看见一棵小树上挂着我吃过的那种浆果，但它们是深紫色的。我实在是太小了，没办法爬到树上，只好在树下等着，直到风吹过摇动树枝时，终于有一颗果子掉到了地上。我拿起果子一口吃下，然后恋恋不舍地看了这个世界最后一眼。可是，出乎意料的是，我吃完之后就开始变大，慢慢恢复了原来的样子，并且再也没有变过。直到现在，我再也没吃过薰衣草浆果，岛上的动物和鸟也不敢碰它们。"

三个人认真地听完了佩西姆的故事，奥克激动地说：

"所以，深紫色的浆果是解药，是可以让我变大的果子，对吧？"

"我想是的。"佩西姆说。

"那你快带我们去找那棵深紫色浆果的树吧！"奥克迫不及待地恳求道，"我实在是受不了自己现在的样子了。"

佩西姆上下打量着奥克，说：

"你长成这个样子，小的时候还能看，要是变大了得多吓人啊。"

"我保证，奥克不会伤害你的，"特洛特央求说，"快带我们去吧，奥克是我们的好朋友，他不会伤害你的。"

虽然佩西姆很不乐意，但还是领着他们往岛的东边走去。没多久，他们就到了一片小树林前，就在大海的正对面。只见一棵小树上结着深紫色的浆果，看得人口水都要流下来了，比尔船长伸手摘下一颗饱满、成熟的浆果。

奥克一直站在特洛特的肩头，看到比尔船长摘下果子，他就落到了地上。但是由于那条木头腿，比尔船长根本没办法跪在地上，于是特洛特接过他手里的浆果，递给了奥克。

"果子太大了，我吃不了。"奥克苦恼地说。

"没关系啊，你可以一口一口地吃。"特洛特安慰道。奥克就照着她说的，用又尖又长的嘴巴啄着软软的浆果，一眨眼的工夫就把它吞进了肚子里，浆果的味道真不错啊！

他们惊喜地发现，几乎每吃一口，奥克就会变大一些，等到浆果全部落肚，奥克就变回了原来的样子。奥克高兴坏了，大摇大摆地走来走去。

"哈哈，我现在的样子怎么样？"奥克跑到佩西姆面前问。

"哼，你这个皮包骨头的家伙，丑死了。"佩西姆说。

"没眼光的家伙，"奥克满不在乎地说，"你难道看不出我比那些长满羽毛的家伙漂亮多了吗？"

"至少它们的羽毛还有点用处，可以做成柔软的床垫。"佩西姆说。

"我的皮也可以制成最上等的鼓面。"奥克反驳道，"不管是拔了毛的鸟，还是剥了皮的奥克，对自己来说都毫无用处了，所以人死了以后，还有什么必要吹嘘自己的用处呢？既然要争论，佩西姆，那咱们就来好好理论一下，你死后有什么用呢？"

"说这些没用的干吗？"比尔船长说，"他比我们好不了多少。"

"我可是岛上的国王，想怎么说就怎么说。你们闯入了我的地盘。"佩西姆生气地说，"如果你们讨厌我——这一点很明显——那就赶紧离开，让我一个人待在这儿。走，赶快走！"

"我们也想走，可是你能不能告诉我们怎样才能离开这里呢？"小女孩说，"奥克会飞，可是我和船长不会呀。"

"你们从哪儿来，就回哪儿去。"佩西姆不耐烦了。

比尔船长连忙摇头；一想到那个可怕的黑洞，特洛特就吓得浑身发抖；奥克则哈哈大笑了起来。

"你可以继续当你的国王，"他对佩西姆说，"但是我们不会听你的。现在岛上有四个人，我们就占了三个，而你只有一个人，所以，要走也必须是你走。"

佩西姆无话可说，在大伙返回小木棚时怒气冲冲的。比尔船长捡了很多树叶，和特洛特一起搭了两张舒适的床，就在木棚的对角处。佩西姆则睡在一张吊床上，悬挂在两棵树之间。

饿了，他们就吃树上的鲜果，所以用不着碗碟；天气很暖和，也没有东西可以烧煮，所以没有必要生火。除了佩西姆爱坐的长凳之外，木棚里什么都没有，长凳就是他心目中的"王位"。他们决定睁一只眼闭一只眼，随他的便吧。

接下来的三天，他们都生活在一起，一边休息，一边尽情地品尝岛上的美食。这种看似惬意的生活偶尔也会起波澜，罪魁祸首就是佩西姆。他时不时找借口与另外三个人争论，不管他们做什么，他都要指指点点。特洛特终于知道了邻居们把佩西姆送到这里的真正原因，只有一个人待着，他才不会让别人觉得厌烦。他们历经千辛万苦，来到了这个岛上，只能算他们运气不好。要是可以选择，他们宁愿遇见的是野兽，也不愿天天和佩西姆生活在一起。

好不容易熬到了第四天，一个令人开心的念头在奥克的脑海里一闪而过。为了尽快地离开这里，他们几乎想破了头，虽然计划很多，却一个都没法实现。比尔船长说他可以搭一个木筏，承载他们三个人完全没问题，但是他只有两把折刀，怎么可能砍倒大树呢？

"就算我们能在海上漂，"特洛特说，"可是我们会漂到哪里呢？会漂多长时间呢？"

事实上，比尔船长也不知道这个问题的答案。奥克倒是可以飞着离开这个海岛，但是他对新朋友忠心耿耿，绝不会丢下朋友不管的。

第四天早上，特洛特不断地催促奥克赶紧离开时，他灵机一动，有了一个奇思妙想。

"好，我决定离开，"奥克说，"但是请你们跟我一起离开。"

"别傻了，如果我们坐上去，肯定会摔下去的。"比尔船长拒绝了。

"背着你们，的确不能飞太远。"奥克赞同道，"但是等到你们吃下薰衣草浆果后变小了，我们就可以一起离开了。"

听完奥克的话，特洛特和比尔船长都陷入了沉思。特洛特严肃地看着奥克，一句话都没有说。

比尔船长则哼哼着说："要是我们变小之后变不回来了怎么办？如果我一辈子都只有两三英寸高，做一个只能在拇指上跳舞的小矮人，那我宁愿一直待在这里。"

"你们可以带上一些深紫色的浆果啊，到了目的地之后就把那些果子吃下，"奥克接着说，"不就可以恢复原样了吗？"

特洛特高兴得手舞足蹈起来。

"太棒了！"她兴奋地叫喊道，"就这么说定了，比尔船长。"

一开始，比尔船长并不赞同这个想法，但是他想了又想，觉得这好像是唯一的办法了，而且，听起来也不是很糟糕。

"如果我们变小了，怎么能够安全地待在你的背上呢？"船长问。

"我可以找个纸袋把你们装起来，然后挂在我脖子上。"奥克说。

"纸袋在哪里？"特洛特说。

奥克四处看了看，最后把视线落在了特洛特的头上。

"用你的帽子吧，"他高兴地说，"它的中间是空的，而且还有两根带子，你们待在帽子中间，把带子系在我脖子上，这样就好了啊。"

特洛特摘下帽子，翻来覆去地看了好几遍。没错，等他们变小了，她和比尔船长就完全可以待在帽子里了。她把带子系在奥克的脖子上，太阳帽瞬间就变成了个口袋，他们绝不会掉出来的。于是她说："船长，我觉得这个办法挺好的。"

比尔船长思考了好久，可是他想不出让特洛特放弃的理由，他只是觉得这样做太危险了。

"我也是这样想的，"特洛特不紧不慢地说，"但是人活着，怎么可能不冒一点险呢？再说，有危险不一定就会受到伤害，只是一种可能而已。所以，我觉得我们应该尝试一下。"

"那我们先去采集一些浆果吧。"奥克说。

他们没有向佩西姆透露一个字。他正坐在自己的国王宝座上，怒气冲冲地眺望着大海。但是听见奥克说要去找浆果时，他不由自主地朝那棵具有神奇魔力的树看了过去。那棵薰衣草树的位置奥克记得清清楚楚，他领着伙伴们快步向那里走去。

比尔船长摘了两种不同的浆果，然后轻轻地放进口袋，接着，他们绕

到岛的东边，顺利地找到了那棵挂着深紫色浆果的树。

"我们摘四颗吧，"船长建议道，"万一吃一颗不行，我们还可以再吃一颗。"

"保险起见，我们还是摘六颗吧。"奥克说，"我敢肯定，除了这里之外，别的地方再也找不到这种树了。"

最后，比尔船长摘了六颗深紫色的浆果，然后回到了佩西姆的木棚，和佩西姆告别。如果不是因为他们需要佩西姆帮忙将帽子的带子系在奥克的脖子上，他们根本不会对这个讨厌的老头那么客气。

得知他们要走的消息时，佩西姆高兴极了，但是转念一想，又觉得没什么可高兴的。于是，他又开始没完没了地唠叨，说他们不应该丢下他一个人。

"我们知道你不高兴，"比尔船长说，"不管我们在不在这里，你都不高兴。"

"说得没错，"佩西姆说，"从我记事以来，我就不知道开心到底是什么。所以，不管你们是走还是留，对我来说都一样。"

不过，佩西姆觉得他们的计划很有趣，并且答应帮助他们。但是，他说他们一定会从帽子里掉出来，要么葬身大海，要么摔死在岩石岸上。佩西姆的话让比尔船长再次不安起来，可小女孩却一直很兴奋，根本没当回事。

"我先吃浆果吧。"特洛特把帽子放在地上，吞下了一颗淡紫色的浆果。

她很快就变成了一个小矮人，比尔船长用两根手指就将她放进了帽子的中央。然后，他又把六颗深紫色的浆果放在了特洛特的身旁，原本小小的果子，现在看上去居然和特洛特的脑袋差不多大。最后，船长自己也吃下了一颗淡紫色的浆果，连同他的木头腿一起变成了小不点。

船长艰难地爬上帽子，一个跟头摔了进去。这一系列的动作，让在旁边看着的佩西姆觉得十分有趣，他哈哈大笑起来。看见他们一切准备就绪，他走了过去，粗鲁地拿起帽子，拴在奥克的脖子上，帽子里的两个小人被他晃得东倒西歪。

"特洛特，希望带子足够结实。"船长还是有些担心。

"放心吧，船长，我们并不重，"特洛特说，"只要别碰坏了浆果就好。"

"已经挤坏了一颗。"他看着浆果说。

"你们准备好了吗？"奥克问。

"准备好了！"帽子里的人异口同声地回答。佩西姆靠近太阳帽，幸灾乐祸地嚷嚷道："滚蛋吧，你们会摔死的，你们会淹死的，总之，希望你们不要再回来了！"

佩西姆的话激怒了奥克，他将发动中的尾巴对着佩西姆，然后快速转动。强大的气浪将佩西姆掀翻在沙滩上，他翻了好几个跟头才勉强站了起来。

这时，奥克一行人已经翱翔在空中，正在迅速地向大海飞去，越来越快。

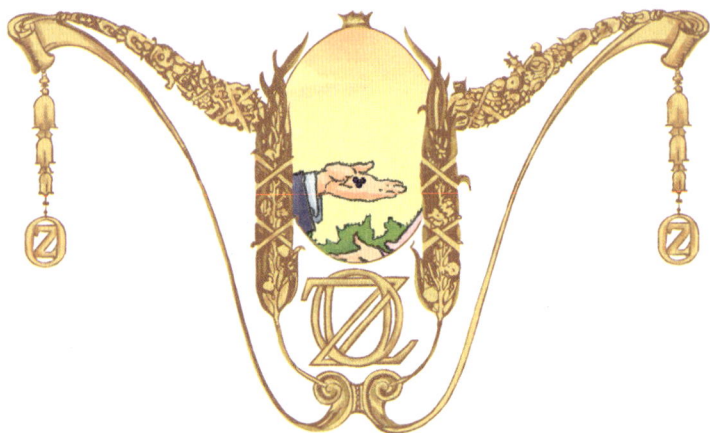

第六章
小矮人的空中之旅

　　帽子很轻，没有给奥克造成丝毫负担，他飞得格外平稳。帽子里的两个人却对自己的命运充满了恐惧，不停地祈祷自己能平安落地，恢复原来的大小。

　　"特洛特，你现在真的是太小了。"比尔船长笑着对特洛特说。

　　"亲爱的船长，你还不是一样？"特洛特说，"但是没关系，深紫色浆果会把我们变大的。"

　　"如果是在马戏团里，"船长沉思着说，"我们一定会成为人们眼中的怪物；但是现在，我们在太阳帽里，在天上，还能飞越陌生的大海——即便是在词典里，也找不到合适的词语来形容我们。"

　　"呃，他们会叫我们小矮人。"小女

孩说。

奥克默默地飞行着，虽然很平稳，但是比尔船长还是因为太阳帽轻微的晃动而感到头昏目眩，于是靠在帽子的边缘打起了瞌睡。特洛特则好奇地转动着大眼睛，尽可能地忍受着这场枯燥乏味的旅行。

"奥克，你看到陆地了吗？"小女孩问。

"我们还在海上，"奥克说，"这片海太大了，我不知道离它最近的陆地在哪儿。再忍忍吧，只要我一直往前飞，肯定会到达陆地的。"

奥克说得没错，特洛特只好耐心地等下去。比尔船长还在打瞌睡，特洛特则在心里默默地回忆地理老师讲过的知识，然后推算目的地可能会在哪里。

奥克始终往前飞，眼睛一眨不眨地盯着遥远的地平线，四处寻找陆地的踪影。比尔船长睡得很沉，还打着呼噜；特洛特则靠在他的肩头休息。就这样过了好几个小时，突然，奥克大声叫了起来：

"陆地！我看到陆地了！"

船长和小女孩闻声都醒了过来。比尔船长激动地站了起来，想从帽檐边上看看外面的情况。

"真的吗？它是什么样子的？"船长问。

"应该是另一个海岛，"奥克回答道，"我再飞一两分钟就知道了。"

"海岛就算了，我们不是已经去过一个海岛了吗？"特洛特说。

过了一两分钟后，奥克又开始汇报了。

"那绝对是一个岛，而且非常小。"他说，"我们不去那儿，因为我看见前面有一片更大的陆地。"

"好，继续吧，"比尔船长说，"越大的陆地越安全。"

"那是一片大陆。"奥克停了一会儿，接着说。在此期间，他一直保持原来的速度。"我想知道，那里会是我苦苦寻找的奥克王国吗？"

"拜托，拜托，千万不能是奥克王国啊！"特洛特小声地对船长说，生怕被奥克听见，"我可不想整日和奥克生活在一起。这个奥克是我们的好朋友，但是奥克太多并不是一件好事。"

又过了一会儿，奥克伤心地说：

"噢，太伤心了，这里不是我的家乡。我去过那么多地方，却对这里一无所知。这里有山，有沙漠，有城市，有湖泊，还有河流，我的家乡并没有这些东西。"

"国家差不多都是这样的，"比尔船长说，"你准备好着陆了吗？"

"是的，"奥克回答道，"我们就去前面的山峰着陆吧。"

"好的！"船长回答道。帽子里的两个人早就受够了这场帽子里的旅行，迫不及待地想回到陆地上。

奥克的速度渐渐慢了下来，几分钟后，他就停在了山峰上。他的动作很轻很稳，帽子几乎没有任何晃动。然后，奥克蹲了下来，等到太阳帽掉到地上后，笨拙地用爪子去解脖子上的带子。

但是，带子的结扣在奥克脖子的后面，他的爪子根本够不着，他摸索了好大一会儿还是没能解开，气喘吁吁地说：

"我很抱歉，我没办法把你们放出来，而且周围一个人都没有。"

好不容易落地，却出不去，这让特洛特和比尔船长有些沮丧。比尔船长想了想，说：

"特洛特，我可以用刀在你的帽子上划一道口子吗？"

"当然！"特洛特毫不犹豫就答应了，"一道口子而已，等我变大了再把它缝好就行了。"

折刀也跟着船长一起缩小了很多，所以划一道口子又耗费了他们大量的时间和精力。比尔船长先从开口处走出去，然后把特洛特也弄了出来。

他们刚一踏上结实的陆地，就迫不及待地吞下了随身携带的深紫色浆果。在漫长的旅行中，特洛特一直小心地照看着其中的两颗，把它们放在身边，因为它们实在太重要了。

"我不太饿，"说完，小女孩给了比尔船长一颗，"但现在不管我们饿不饿，都必须把它吃下去，就像生病了一定要吃药一样。"

浆果确实很美味，比尔船长和特洛特慢慢地啃着浆果的同时，他们也在开始变大——虽然很慢，但是一直在变。个头变得越大，吃浆果就变得越容易，因为果子对他们来说变小了。浆果吃完后，他们果然变成了原来的样子。

小女孩这才放下了心中的大石头。比尔船长也和她一样开心。虽然他们目睹了浆果在奥克身上的神奇效果，却不确定它对人类是否同样有效，说不定换个地方，效果就会不一样。

"我们还有四颗多余的果子，怎么办？"特洛特把帽子捡了起来，简直不敢相信自己竟然能坐在里面，"它们还有用吗？"

"让我想想，"他回答道，"如果没有吃薰衣草浆果，吃这些果子可能不会有任何反应，但是也有可能会产生反作用。瞧，那颗已经烂了，扔掉吧。我想把另外三颗带走，它们是魔果，没准能帮上我们呢。"

他从口袋里掏出了一个带有拉盖的小木盒，里面装着各种稀奇古怪的铁钉。他把钉子倒进口袋里，然后小心翼翼地把那三颗完好无损的深紫色浆果装进了盒子里。

等到一切都完成了，他们才从容地打量起这个陌生的新环境来。

第七章

奇妙的果园

　　这里不是荒山，周围到处都是绿油油的草坪和低矮的灌木丛，还有一些又细又长的树木和密密麻麻的岩石堆。山坡的坡面看起来有些陡峭，但是只要当心一点，爬上去并不是什么难事。他们站在那儿，美丽的山谷和肥沃的山丘一览无余。特洛特兴致勃勃地说，远处有一些奇形怪状的房子，那些移动的黑点说不定就是人或者动物。但是隔得太远了，她也不敢肯定。

　　山顶就在离他们不远的地方，山顶上好像有一块平地。奥克自告奋勇地想去那里探探路。

　　"好主意！"特洛特说，"马上就要天黑了，我们必须尽快找个睡觉的地方。"

　　奥克刚走一会儿，他们就在附近的

山顶上看见了他的身影。

"快上来！"他大声喊道。

船长拉起特洛特小心地爬上山坡，和奥克会合。不一会儿，他们就来到了山顶，奥克正在那里等着他们。

山顶果然是一块平地，比他们想象的大多了，上面覆盖着一层厚厚的青草，看起来绿油油的。平地的中央孤零零地坐落着一间石屋，烟囱里还在冒着白烟，却一个人都没有看见。一行人大步朝着石屋走去。

"这是哪儿？"特洛特好奇地问，"距离我们的家乡加利福尼亚有多远啊？"

"暂时还看不出来这是哪个国家，"船长回答道，"但是我敢肯定，我们现在距离加利福尼亚越来越远了。"

"嗯，应该是的，肯定非常远了。"她叹着气说。

"这点距离简直就是小意思，"奥克安慰道，"我几乎飞遍了全世界，却始终没有找到我的家乡。真是没想到，地球上竟然会有这么多像小蚂蚁一样大的国家。如果我们现在是在旅行，只要拐个弯，就会看见一个新的国家，有的国家甚至在地图上都找不到标示。"

"说不定这就是其中一个。"特洛特推测道。

不一会儿，他们三个就站在了石屋前。船长上前敲了敲门，门瞬间就打开了，站在他们面前的是一个相貌丑陋的老头。他脸上布满皱纹，浑身上下到处都是大大小小的肉疙瘩，头上、身上、手臂和大腿上，还有手上，都覆盖着隆起的肉瘤，让人害怕不已。他穿着一件并不合身的灰套服，所以一部分肉瘤露了出来。

但令人意外的是，肉疙瘩是一个和善的老人，而且表情丰富。一看到这些来访者，他就礼貌地鞠了一躬，用奇怪的声音说：

"大家好！欢迎你们的到来！赶紧把门关上，现在是冬天，太阳落山后就会特别冷。"

"但是，外面一点也不冷，"特洛特说，"怎么可能是冬天呢？"

"先进来吧，等一会儿你就知道了。"肉疙瘩说，"瞧我身上的肉瘤，它们简直比天气预报还要准确，我已经强烈地感觉到，暴风雪马上就要来了。你们先休息一会儿，晚饭马上就要好了，我准备的食物应该够我们一起吃了。"

屋子很宽敞，东西不多，但是看起来很整洁。里面有几条长凳、一张桌子和一个壁炉，全都是用石头做的。壁炉上的水壶正在噗噗地冒着热气，散发出一阵阵香味，这应该就是老头所说的晚餐了。船长和特洛特坐在凳子上，奥克则蹲在火炉旁边，目不转睛地看着肉疙瘩用力地搅动着水壶里的东西。

"请问，这是哪个国家呢？"船长问。

"呵，真是一群水果蛋糕苹果酱啊（傻瓜的意思），你们不知道这是什么地方吗？"肉疙瘩一边问，一边惊讶地望着船长，手也停止了搅动。

"对，我们是误打误撞到了这里，刚到。"船长回答道。

"你们迷路了？"他接着问。

"可以这么说吧，"船长说，"但是我们现在根本不知道怎样才能到我们想去的地方。"

"哦，好吧，"老头一本正经地说，"这里啊，就是大名鼎鼎的莫园，没听说过吗？"

"莫园！"特洛特和船长异口同声地叫道，因为他们从来没有听过这个名字。

"我就知道你们会吓一跳。"肉疙瘩早就料到了他们的反应，所以得意扬扬地继续准备着晚餐。奥克静静地看了他一会儿，然后问：

"那你是谁？

"我是谁？"老头更加得意了，"你个姜饼、柠檬汁（愚昧无知的家伙），我是无人不知无人不晓的山耳朵。"

所有的人都陷入了沉默，纷纷琢磨着山耳朵是什么意思。只有天真的特洛特问了出来："山耳朵是什么呢？"

老头转过身子，没有正面回答特洛特的问题，而是拿起勺子念叨了起来：

默默无闻的大山啊，

它是多么的安静，等待着快乐的降临。

而我，伟大的山耳朵，负责倾听它的心声，

我的陪伴让它不再孤单，

不再咳嗽，不再打喷嚏——

庞然大物们一害怕就会浑身发抖。

你能听到清脆的铃声，

人们的歌声钻进了我的耳朵，

它却什么都没有感受到，于是

当我听到暴风雪的脚步声，

或倾盆大雨和鹅毛大雪的咆哮声，

我就会通知它，让它提高警惕。

我就这样居住在大山顶上，

守护着山下的邻里，

使山峦安定，乡邻快乐，

我的衷心守护，

阻止了火山的喷发，

我为我自己的职责骄傲。

　　他富有感情地朗诵完毕，就又开始勤勤恳恳地干活。奥克微笑了起来，比尔船长欢快地吹着口哨，特洛特认为山耳朵脑子有问题，但他对自己的自我介绍相当满意。山耳朵的晚餐已经准备好了，他拿出四个石头碟子放在桌上，拿起水壶把里面的东西平均倒入每个碟子里。他们都饿了，看见食物准备好了，都围到了桌子边。但是不知道怎么回事，特洛特看清碟子里的东西后大声嚷嚷了起来：

"天啊，怎么是蜜糖浆？"

"是的，"肉疙瘩热情地说，"赶快吃吧，冬天可是会凉得很快的。"

说完，他就拿起石勺，开始喝滚烫的蜜糖浆。其余三个人都张大嘴看着他，眼珠子都快掉出来了。

"你不觉得烫吗？"特洛特问。

"一点也不！"山耳朵说，"你们不饿吗？快吃吧！"

"先等一会儿，"特洛特说，"等到它凉了之后，把它拉长，然后切成一块块的，味道好极了。"

"太奇怪了。你们是从哪儿冒出来的啊？"山耳朵哈哈大笑起来。

"加利福尼亚！"她说。

"加利福尼亚？你疯了吧！莫园的所有地方我都知道，却从未听说过这个名字。"

"加利福尼亚不在你们这里。"她耐心地解释道。

"那就对了，我们莫园才没有这么奇怪的地方。"山耳朵说着，又舀了一些糖浆放进碗里，一直喋喋不休。

"我只想美美地吃上一顿正常的晚餐，"比尔船长抱怨道，"之前那个小岛只有野果子，而这里更糟糕，只有糖浆。"

"蜂蜜不是挺好吗？"特洛特说，"我的已经凉了，船长，你的马上就可

以吃了。"

片刻之后，特洛特拿起凝固的蜂蜜，在手里揉来揉去。山耳朵一直目不转睛地看着特洛特的操作过程，十分好奇。蜜糖的质量不错，拉出来特别漂亮，特洛特把这些蜂蜜切成一些小块，然后递给船长和奥克。

船长不情愿地吃了一两块，奥克也吃了几块，山耳朵却说什么也不肯尝试。小女孩只好自己吃完了剩下的蜂蜜，然后问山耳朵要水喝。

"水？什么是水？"山耳朵从未听过这样的东西。

"就是可以喝的、解渴的东西，你们这儿没有吗？"

"没有，"他说，"不过我有新鲜的柠檬，上次下雨的时候我存了一些。"

"柠檬？下雨？"特洛特问。

"是的，这个东西又好喝又有营养。"他一边说，一边从石头橱柜里取出一个坛子和一把长勺。特洛特确定，那的确是新鲜的柠檬。特洛特和比尔船长都喝了一些，他们很喜欢这个味道。奥克却一口也没喝。

"水可是生命之源啊，"奥克说，"要是这里没有水，那我就必须马上离开，否则我会死掉的。"

"柠檬里不是有水吗？"小女孩说。

"我知道，"奥克说，"可是我不喜欢这样被破坏了的水。"

尽管奥克不太满意，但是飞了一天实在是太疲惫了。山耳朵拿给他们几条毛毯，他们就在壁炉边睡下了，很快就进入了梦乡。特洛特醒了几次，看见石屋的主人一直在往壁炉里加柴，他竖着耳朵聆听着周围的一切动静。

第八章

并而复得的亮纽扣

"下雪了！下雪了！"山耳朵的叫唤声把大家从睡梦中唤醒，"我早就说过冬天来了。我的左耳朵听得很清楚，现在外面正在下大雪呢。"

"真的吗？我要去看看！"特洛特激动地跳起来说，"我的家乡从来没有下过雪，只在很远很远的山顶上见过。"

"我们就在高山的山顶，"山耳朵说，"所以雪下得很大。"

特洛特走到窗前，天空中果然飘着银白色的雪花，只是这里的雪花和特洛特想象中的雪花不一样，不仅大得离谱，而且形状十分奇怪。

"你确定这是雪花吗？"小女孩问。

"当然！"山耳朵说，"想和我一起去铲雪吗？"

"好的。"特洛特乐呵呵地跟着山耳朵出了门。她惊讶地喊道："为什么不冷呢？"

"现在不冷了，昨晚下雪之前那才是真的冷啊。"山耳朵回答，"等到雪花落下之后，天气就会变得既暖和又清新。"

特洛特兴奋地捧起了一大把雪。

"咦，这是爆米花？"

"是啊，爆米花就是雪啊！"

"爆米花就是雪？"小女孩再次震惊了，"在加利福尼亚，雪可不是爆米花啊！"

"在我们这里，雪就是爆米花！"山耳朵不耐烦地说，"别老是说什么在加利福尼亚怎样怎样的，这里是莫园，在这里就要是适应我们这里的一切，我说它是雪，它就是雪！它的味道好极了，你一定会喜欢的。但是有一点，我们这里老是下雪。"

说完，山耳朵不再理会小女孩，开始铲起雪来。他的动作很利索，不一会儿，连接山顶和山脚的那条小路旁边就出现了一个高高的爆米花堆。特洛特坐在路旁一边看着山耳朵干活，一边津津有味地吃着爆米花。爆米花暖暖脆脆的，还有椒盐和奶油两种口味，实在是太美味了。过了一会儿，比尔船长也走了出来，站在了特洛特身边。

"这些是什么？"船长问。

"莫园的雪。"小女孩回答道，"虽然也是从天上掉下来的，但并不是真正的雪，而是又香又甜的爆米花。"

船长尝了尝，然后也一屁股坐在门口的小路上吃了起来。过了一会儿，奥克也出来了，用又尖又长的嘴巴慢慢地啄了起来，吃得非常快。他们都很喜欢吃爆米花，并且他们的肚子又开始咕咕叫了。

这时，天空中又飘起了漫天的雪花，密密麻麻的雪花差点把天空遮住了。山耳朵好不容易铲到了山腰下，身后的小路很快又被新掉下来的爆米花盖住了。突然，特洛特听到了他的一声尖叫：

"天哪，碎肉馅饼薄煎饼，雪下面竟然有个人！"

　　所有人闻言都跟在他身后，飞快地朝山下跑去，顾不得爆米花在脚下发出嘎吱的声音。只见山耳朵干活的地方积了厚厚的一层雪，一双脚从里面露了出来。

　　"我的天啊！有人被暴风雨埋在了雪里，"比尔船长说，"快来帮忙把他拖出来。上天保佑，他还活着。"

　　比尔船长抓住下面的人露出的一条腿，山耳朵抓住另外一条，两人合力把人救了出来，原来是一个小男孩。他穿着一件褐色的天鹅绒外套、一条褐色灯笼裤、一双褐色长筒袜和系带鞋，里面穿的则是一件前襟带有褶皱的蓝色衬衫。被拉出来的时候，他手里还握着两把爆米花，嘴里也在忙着咀嚼，所以根本不能讲话。他就那样静静地躺着，等到嘴里的东西全部咽下去，才开口说："帮我找找帽子吧！"说完，他又往嘴里塞了一大把爆米花。

　　热心的山耳朵一边铲雪一边帮小男孩找帽子，特洛特和比尔船长则站在一旁笑着。

　　奥克东看看，西看看，问："这个小家伙是谁啊？"

　　"他是亮纽扣。如果你在一个陌生的国家看见一个迷路的小男孩，那他

一定是亮纽扣。"特洛特回答道，"但是，他到底是怎么来到这里的呢？"

"他的家在哪儿呢？"奥克继续问。

"我只听说他在费城待过，但是那里并不是他真正的家。"

"说对了！"小男孩把嘴里的东西咽下去后才不紧不慢地说。

"所有的人都有家。"奥克说。

"我没有家，"小男孩坚决地说，"我只有一把能够带我去任何地方的魔法伞，或许它就是我的家吧。我离开费城后几乎跑遍了半个世界，但是后来我把它弄丢了。如果我再也回不去了，那还有什么家呢？不过没什么大不了的，这里还不错，吃得好，玩得好，我觉得很开心。"

山耳朵终于找到了小男孩的帽子，站在一边听着他们你一言我一语。

"特洛特，你认识这个可怜的小男孩吗？"他说。

"是的，我们认识，他是我的好朋友。"特洛特回答道，"我们曾经一起去天空岛旅游过。"

"噢，真是太好了，很庆幸救了你的朋友。"山耳朵说。

"谢谢你，山耳朵先生。"亮纽扣坐起来看着山耳朵说，"谢谢你救了我的帽子，还给了我这么美味的爆米花。只是你不应该拖我出来的，我还想在下面多吃一会儿呢。先生，你的身上为什么长了这么多肉疙瘩呢？"

"你说这个啊，我生下来就有。"山耳朵得意扬扬地看着自己说，"我想，它们肯定是上天给我的礼物，让我看上去和我守护的这片大山一样，凹凸不平，让我们能够完美地融为一体。"

"哦，好吧，你高兴就好！"说完，亮纽扣又开始吃起爆米花来。

过了一会儿，雪停了下来。一大群鸟从四面八方聚拢而来，在山腰上吃起了爆米花。它们专心致志地吃着，压根儿没有注意到旁边还有人。这些鸟有的大，有的小，羽毛也是五颜六色的，大部分鸟的羽毛都很漂亮。

"瞧这些长满了毛的家伙，真是丑死了。"奥克忍不住奚落道。

"不丑啊，我觉得它们很好看。"特洛特回答道。小女孩的回答让奥克非常不满，他生气地跑进了石屋，在那儿生闷气。

调皮的亮纽扣抓住其中一只大鸟的后腿，大鸟用力地想甩开他，差点

把他带到了天上。他吓得赶紧松开了手。大鸟看了他一眼，又回到地上吃起了爆米花，完全没有把他放在眼里。

比尔船长静静地看着这一切，他好像突然想到了什么。他从口袋里掏出了几根结实的绳子，悄悄地向那些大鸟走去，生怕发出一丁点声音。他小心翼翼地站在几只最大的鸟身边，趁它们不注意的时候用绳子把它们的腿绑了起来，这样它们就没办法飞走了。鸟儿们都在专心地吃着爆米花，丝毫没有发现自己被套了起来。不一会儿，船长就把二十多只鸟儿绑了起来，然后把所有的绳子系在了一起，最后再牢牢地拴在一块大石头上。

山耳朵很不理解地看着比尔船长的一系列举动。

"它们很快就会把雪吃光，"他说，"然后它们就会离开了。可是现在，如果它们发现自己没办法飞了，会怎么样？"

"它们肯定会有些着急，"船长回答道，"但是别担心，只要它们老老实实的，我绝不会伤害它们。"

他们享用完了美味的爆米花早餐，就心满意足地回到了石屋。亮纽扣和特洛特手拉着手，和她并肩而行。他们已经是老朋友了，他非常喜欢特洛特。亮纽扣比特洛特年纪更小一些，特洛特本来就长得又瘦又小，他却比她足足矮了半个头。他最大的优点是寡言少语，不管在什么情况下，不管发生了什么事，他总是显得镇定自若。他是一个有礼貌的人，而且从来没有捉弄过特洛特，所以特洛特很喜欢他。比尔船长也很喜欢他，因为他注意到，这个小男孩不仅很勇敢，而且总是笑眯眯的，让他干什么他就干什么。

在石屋前，特洛特用力地吸了吸鼻子，说："你们闻到花香了吗？"

"应该是的，"山耳朵解释道，"你闻到的应该是紫罗兰的香味，因为现在吹的是南风。当北风吹起的时候，你能闻见野玫瑰的味道；东风带来的是铃兰的清香；西风带来的则是丁香花的香味。在这里，不管是什么方向的风，都弥漫着迷人的花香。"

奥克正在房间的一角生气，亮纽扣走过去，仔细地打量着他说："你的尾巴是朝什么方向旋转的？"

"左边或者右边，随便都行！"

亮纽扣伸手想要摸一下奥克的尾巴。

"你干什么？"奥克生气地喊道。

"怎么了？"小男孩说。

"这是我的尾巴，只有我自己才能转动。"奥克解释道。

"那我们出去转转看，行吗？"小男孩央求道，"我想知道你的尾巴是怎么转动的。"

"谢谢你对我的尾巴感兴趣，可是现在不行，"奥克说，"我只有飞行的时候才会启动我的尾巴，而且我一旦启动了就不能再停下来。"

"说到这里，我突然想起了一件事。"比尔船长问，"奥克，我们怎样才能离开这里？"

"什么？你们要离开？"山耳朵简直不敢相信自己的耳朵，"还有比这里更好的地方吗？"

"亲爱的先生，你去过其他地方吗？"

"没有。"山耳朵回答道。

"那么，请你不要说这样的话。"比尔船长说，"奥克，你还没有回答我的问题呢，我们怎样才能离开这里？"

"或许，我能够带一个人走，小男孩或小女孩，但是三个这么大的人，我带着你们飞不了多远。"奥克说，"如果你们没有那么快吃下深紫色的浆果，我们就可以继续旅程了。"

"是啊，都怪我们想得不够周到。"比尔船长有些懊悔。

"我想，我们应该带更多的薰衣草浆果，而不是深紫色浆果。"特洛特懊恼地说。

比尔船长并不赞同特洛特的说法，所以没有说话。他皱着眉头想了一会儿，说：

"如果深紫色浆果能够把所有的物体都变大，或许我们不需要吃薰衣草浆果，也一定能离开。"

船长的话让大家摸不着头脑，他们一脸疑问地盯着他。就在这时，他们听到了一阵尖叫声。

"快放开我们！"似乎是那群大鸟在喊叫，"为什么要把我们绑起来？山耳朵，快来救救我们！"

特洛特站在窗边往外看。

"船长，是那些鸟在讲话。"特洛特说，"真没想到，他们竟然还会说话。"

"是的，我们这里的鸟儿都会说话。"山耳朵说，然后他紧张地看着比尔船长说，"你到底要做什么？为什么不放了他们？"

"我们先过去看看吧！"说完，船长走到了鸟儿们的面前。鸟儿们被绳子拴得紧紧的，根本飞不起来，正在拼命地拍打着翅膀抱怨。

"大家请安静点，我说几句话，首先，我并不是想要伤害你们，我们需要你们的帮助。"听了船长的话，鸟儿们停止了喊叫，"我们来自很遥远的地方，希望你们中的三个可以送我们离开。我知道这个要求很过分，但是你们也看到了，我装了条假腿，行动不便；这两个可怜的孩子又太小了，所以我们无法在陆地上长途跋涉。你们谁愿意载我们一程呢？"

虽然比尔船长说得十分诚恳，但是鸟儿们都觉得这是不可能做到的事情。他们沉默着，相互看了看，最后，有一只鸟儿说话了："哼，我想你是疯了吧，你们这么大的人，我们怎么可能载得动呢？就算是我们中最大的，也无法承受你们当中最小的孩子的重量。"

"这个问题请不用担心，"比尔船长诚恳地说，"只要你们愿意，我有办法让你们变得强壮。"

这话听起来十分荒谬，可是这里是莫园，一个充满了荒谬与神奇的国度。他们似乎应该相信这个白发老头的话。犹豫了一会儿，其中一只鸟问：

"我们变强变大之后，能够一直保持吗？"

"应该是这样。"船长说。

"那好，我去。"一阵讨论之后，刚才第一个提问的鸟儿答应了船长的请求。

"好吧，我也去。"又一只鸟同意了。过了一会儿，第三只鸟说："也算我一个。"

越来越多的鸟儿表示他们也愿意，可比尔船长只需要三只。于是，他解开绳子，把剩下的鸟都放走了。

经过一番沟通，他们得知，留下来的三只鸟儿是远房亲戚，他们都披着鲜艳的"外衣"，个头差不多和老鹰一样大。虽然个头很大，但是他们其实都还很小，离窝只有短短几个几星期而已。他们年轻、强壮，眼神清澈透明，有一种初生牛犊不怕虎的劲头。特洛特觉得，在她见过的禽类里，他们算得上是最漂亮的。

船长拿出自己口袋里的盒子，取出盒子里的三颗深紫色浆果，分别发给了这三位勇士。勇士们听话地吃掉了这个美味的果子，很快就变大了，速度快得惊人。特洛特甚至有点担心他们会一直变大，再也停不下来。过了一会儿，等到他们不再变大的时候，他们的体积已经比奥克还要大了，看上去像是一头成年骆驼，船长对此十分满意。

"这下子，你们不用再担心驮不动我们了吧？"比尔船长说。

三只鸟得意地走来走去，非常喜欢自己的新模样。

"可是，他们这么大，"特洛特担心地问，"我们要怎样做，才不会从他们的背上摔下去呢？"

"不必担心，我们不骑在他们背上。"船长安慰道，"我会做几个秋千，绑在他们身上，然后我们坐在秋千上，只需要抓紧秋千就好了，一定不会摔下去的。"

船长去屋里向山耳朵要一些绳子，但是他没有，不过他给了船长一些旧衣服。船长把旧衣服剪成细布条，然后把几根布条搓成一根根结实的绳子。接着，他把布绳系在鸟的脚上，三个秋千就做成了。大胆的亮纽扣第一个上去尝试，发现这个秋千既结实又舒适。等到比尔船长和特洛特也坐上去后，其中一只鸟问：

"你们想去哪儿？"

"跟着奥克飞吧，他会给你们带路的。"船长说，"奥克停，你们就停，知道了吗？"

三只鸟儿都表示赞同。接着，船长又开始询问奥克的想法。

"在来这里的途中，"奥克说，"我发现左边有一个很大的沙漠，沙漠里一个人都没有。"

"那我们还是离它远一点吧。"船长说。

"不，恰好相反。在我这几年的游历中，我发现很多国家都在沙漠的中央。所以，我们还是去沙漠看看它的另一边有什么。"奥克分析道，"我们过来的那一面是大海，然后就到了这个奇怪的莫园，这两个地方我们都不想再去了。从山上看，这边是广阔的平原，那边是一望无际的沙漠，我觉得应该去沙漠。"

"特洛特，你觉得呢？"船长问。

"都可以。"她回答道。

没有人对亮纽扣的想法感兴趣，他们最终决定听奥克的话，去沙漠那边看看。他们向山耳朵表达了诚挚的谢意，然后就爬上了秋千架，在奥克的带领下离开了。

当奥克发动尾巴的时候，三只大鸟都惊呆了。奥克飞了一会儿后，他们才带着自己的乘客，跟着奥克向那片广袤的沙漠飞了过去。

第九章

介绍园奇遇记

　　虽然飞行的时候秋千晃得很厉害，特洛特不得不用双手紧紧地抓着绳子，但这还是比她预想的舒服多了。队伍以奥克为首，后面依次跟着比尔船长、特洛特，最后是亮纽扣，整个队伍浩浩荡荡，十分壮观，可惜没有观众。很快，他们就飞到了沙漠的上空。特洛特不由得担心起来，万一鸟儿们累了，或者绳子突然断了，那就完蛋了。但是一想到那些五颜六色的大鸟的飞行本领，还有比尔船长搓制绳子的技术，她就不那么害怕了。

　　当鸟儿们在沙漠上空飞行的时候，他们看到的是一成不变的风景，单调而乏味，简直觉得度日如年。突然，地面传来了一阵刺鼻的烟味，尽管飞得很高，特洛特依然觉得有些恶心。再往前行，

一股清新的空气扑面而来，她看了看前面，发现了一团红色的烟雾。奥克首先冲了进去，其他鸟儿也相继跟上。一时间，他们像被蒙住了双眼一样，什么都看不见，鸟儿们甚至连奥克的去向都看不清了。不过，它们并没有放慢速度，而是继续往前飞，很快就冲破了那团烟雾的重重包围。展现在特洛特面前的是一幅幅精美的画卷，令人赏心悦目。

她看见了一片片茂密的森林，绿茵茵的山丘，闪烁着金色光芒的田野，还有山泉、河流和湖泊，而最令人欣喜的，应该是那一座座漂亮的房子，高大的城堡和宫殿。

毫不夸张地说，特洛特目睹的这片土地简直就是一幅绝美的水彩画，而在这幅美景的上方，可以欣赏到太阳落山时出现在西边的一片红霞，美丽极了。

在美景的吸引下，奥克停止了飞行，慢慢地在上空盘旋着。其他的鸟也和他一样，兴致勃勃地俯视着这块土地。接着，四只鸟几乎同时飞到了一起，慢慢地降落，落在了靠近沙漠边缘的一个地方。它们之所以会选择在这里降落，是因为这里的景色和它们在空中看见的一样美。他们刚站稳，三个乘客迫不及待地从秋千架上跳了下来。

"船长，这个地方真是太美了。"特洛特高兴地叫了起来，"我们太幸运了。"

"这个地方的确看起来很雅致，特洛特，"船长看了看四周说，"但是不知道这里的人好不好相处。"

"我敢肯定，这里的人生活得很开心。"特洛特对亮纽扣说，"你觉得呢，亮纽扣？"

"别让我动脑筋，"亮纽扣回答道，"一动脑筋，我就会觉得很累，而且也得不到任何结果。既然已经到了这里，我们很快就会知道这里的人是什么样子的，我们光在这里想有什么用呢？"

"的确是这样，"奥克说，"不过我想，在你们去熟悉新环境、认识新朋友的时候，我想独自继续飞行，去看看沙漠的另一边是否有我的奥克王国。如果找到了，我就会留在那里；如果没有找到，那么我会在一周之后返回。如果到时候你们仍然需要我，我们可以继续一起前行。"

特洛特和比尔船长依依不舍地看着这位和他们同甘共苦的伙伴，却没有合适的理由把他留下来。于是，比尔船长、特洛特和亮纽扣逐一向他表达了谢意。不一会儿，另外三只大鸟也和他们告别了，然后启程飞往莫园。

在这个陌生的国度，现在只剩下了比尔船长、特洛特和亮纽扣三个人。他们决定沿着小路向城堡走去。远远望去，城堡四周的房檐就像挂在树顶上一样，应该就在不远的地方。小路两旁耸立着好看的蕨类植物和野花，他们一边悠闲地散着步，一边竖着耳朵聆听着鸟儿欢快的歌声和蚱蜢低沉的鸣叫声。

小路弯弯曲曲地通向了一座小山丘，山脚下有一户农家，院子里种满了鲜花和果树。他们走过去一看，原来是一位慈祥的妇人带着几个孩子坐在有棚顶的门廊里，她正在给孩子们讲故事。看见陌生人后，孩子们惊讶地朝他们跑了过去，把特洛特和她的伙伴围了起来。他们似乎对比尔船长的木头腿很感兴趣，因为他们从来没有见过有人两条腿长得不一样。比尔船长很喜欢小孩，他慈爱地抚摸着孩子们的头，然后摘下帽子，有礼貌地对妇人说：

"夫人，请问这是什么地方？"

她看着三个陌生人，简短地回答道："不祥园。"

"不祥园？在哪个国家呢？"船长继续问。

"奎德林领地。"妇人回答道。

"奎德林领地？奥兹国的奎德林领地吗？"听了妇人的话，特洛特激动得跳了起来。

"是的。"妇人接着说，"你们应该很清楚，沙漠上的所有地方都是奥兹国的地盘。不过，不祥园这个地区比较特殊，虽然属于奎德林，却被一座高山隔开了。这座山实在太高了，

没有使臣愿意过来，所以我们这边有自己的王。"

"是的，我去过奥兹国，"亮纽扣说，"但是从来没有来过这里。"

"你听说过这里吗？"特洛特问。

"没有！"

"它的确存在于奥兹国的地图上，"妇人说着，突然停下来，紧张地四处张望，确认环境安全之后却有些欲言又止，"而且它比奥兹国的任何一片国土都更加美丽，只是……"

"只是什么？"

妇人让孩子们全都进屋，然后凑近陌生人，小声地说："只是，如果能够换一个国王，我们一定会生活得更加幸福。"

"为什么要换国王呢？"特洛特追问道。

"如果谁要谋反，国王就会严厉地惩处他。"妇人不愿意再继续说下去，只留下一句简短的回答就转身往农舍走去。

"谋反是什么意思？"亮纽扣问。

"应该就是要推翻国王的统治。"比尔船长回答道，"夫人，不用再说了，我们已经明白国王是什么样的人了。"

"亲爱的夫人，能求你一件事吗？"特洛特靠近妇人说，"给我们一点吃的吧。这些天我们除了柠檬汁和爆米花，什么都没有吃过。"

"当然没问题。"说完，她转身进屋给他们端来了一些三明治、蛋糕和奶酪，大一点的那个孩子还提来了一桶甘甜、清凉的山泉水。见到这些美食，三个人狼吞虎咽地吃了起来。没有吃完的蛋糕和奶酪还被亮纽扣打包放进了口袋，塞得鼓鼓囊囊的。看着食物被一扫而光，妇人

和孩子们都很高兴。由此，比尔船长觉得，虽然这里的国王残暴无理，但是人民还是十分友好的。

"城堡里住的是谁？"比尔船长指着不远处的塔尖问。

"克鲁尔国王陛下。"妇人说。

"他一直都在里面吗？"

"除了和大臣去打猎，其他的时间他都待在里面。"

"那现在呢？他是在打猎还是在城堡里？"特洛特问。

"我不知道，但是亲爱的孩子，对国王的行动，我们知道得越少，就意味着我们越安全。"

妇人仍然不太愿意聊和国王有关的事情。比尔船长三个人也不好多问，用完餐后就离开了，沿着那条小路继续往前走。

"我们还是别去城堡了吧，离国王远一点更好。"特洛特说。

"或许吧，"比尔船长说，"不过我倒是觉得我们应该先去拜访他，因为有外人到来，他迟早会知道的。与其最后被他抓过去，还不如我们主动去表示友好。或许这个国王并不像夫人所说的那样，因为再伟大的国王，也不可能得到所有人的爱戴。"

"如果国王真的很友好，那么他的人民一定会爱戴他，就像奥兹国的奥兹玛。"亮纽扣说。

"听说，奥兹玛女王和其他的国王不一样，"亮纽扣旁边的特洛特说，"现在，我们在奥兹国的地盘，这里的一切都是奥兹玛的。我从来没有听过有人在这里受过伤害。你呢，亮纽扣？"

"只要她发现了我们，就绝不会有这样的事情发生。"亮纽扣说，"但是我想，那些鸟儿再往前飞一段就好了，飞过那座高山，我们就能够到达奥兹国的首都翡翠城了。"

"说得没错，"比尔船长说，"但是现在我们既然已经到了这里，就应该接受这个事实。有我在，别担心。"

"我才不担心呢。"亮纽扣一边说话，一边停了下来，突然发现田野里有一只粉红色的兔子从洞里把脑袋伸了出来。

"船长，我也不怕。"特洛特说，"能来到这个如仙境般与世隔绝的地方，我觉得自己是全世界最幸运的人了。而且，多萝茜、稻草人、铁皮人、滴答人和邋遢人也住在翡翠城里。奥兹玛就更不用说了，谁都知道，她是世界上最可爱、最温柔、最善良的女孩。"

"慢点，特洛特，"亮纽扣说，"你一口气说了这么多奥兹国首都的人，可是还有一大部分没有提到呢。"

"孩子们，你们口中的翡翠城离我们还远着呢，这座大山凭借我们自己的力量很难爬过去。虽然我不想让你们失望，但是你们必须知道，翡翠城就像加利福尼亚一样远在千里之外。"比尔船长严肃地说，"现在离我们还远着呢，就在大山的那一边，我们根本就爬不过去。特洛特，我不是想给你们泼冷水，但是现在的我们和生活在加利福尼亚时没什么两样，离奥兹玛和多萝茜有十万八千里呢。"

比尔船长的话把大家拉回了现实，他们不再聊天，默默地走在船长身后。他们走啊走，最后站在了一片茂密的树林前，穿过树林，就是城堡了。高大的树木围绕着城堡，形成了一道天然的屏障。他们走进树林，一阵阵哭泣声从深处传来，于是他们停下了脚步。

第十章

偶遇园丁

亮纽扣最先听见了哭声。哭声是从一棵参天大树下传来的。他们循着哭声走过去，只见一个年轻人趴在地上，身体有节奏地抖动着。他穿着一件长长的褐色工装服，脚上是一双拖鞋，一看就知道是个穷人。他顶着一头棕色的卷发，没有戴帽子，头发乱糟糟的。他正哭得伤心，根本没有发现来人。亮纽扣好奇地问：

"你是谁？为什么哭得这么伤心？"

"是我！"年轻人翻过身子，看着面前的小男孩说，"我的心碎了！"

"心碎了？那就换一个呗，有什么大不了的？"小男孩说。

"我只想要我原来的心。"年轻人哭得更伤心了。

这时，比尔船长和特洛特也走了过

去，特洛特同情地说："把你的烦恼跟我们讲讲吧，说不定我们能帮上什么忙呢！"

年轻人坐了起来，对着陌生人鞠了个躬，然后站了起来。他的双手握得紧紧的，深深地吸了几口气，努力平复自己悲伤的心情。他竟然能克制自己的情绪，这让特洛特觉得非常了不起。

"我叫庞，"年轻人说，"是这个城堡里的园丁。"

"那你的父亲就是国王的花匠吗？"小女孩问。

"不是，他是我的主人，"他回答道，"他让我干什么，我就必须干什么。可是，格劳丽亚公主爱上我，又不是我的错。"

"她是真的爱你吗？"小女孩问。

"简直是胡说八道！"亮纽扣提出了质疑。

"等等，谁是格劳丽亚公主？"比尔船长问。

"格劳丽亚公主是国王的侄女，国王是她的监护人。公主和国王一起住在城堡里，她是这座城堡里，哦，不，是整个不祥园里最美丽、最善良、最温柔的姑娘。她很喜欢鲜花，经常和侍女一起在花园里散步。如果我在干活的时候正好看见公主从我身边经过，我立马就会低下头。但是有一天，我抬头的时候猛然发现公主正在盯着我，眼睛中散发着温柔的光芒。第二天，她特意把侍女支开了，独自一人来到我身边和我说话。她说我是唯一让她动心的男子，她爱上我了。我拉起她的手，深深地吻了下去。可是，我的动作正好被经过的国王看见了，他命人对我一阵拳打脚踢，然后粗暴地拖着公主离开了。"

"国王实在太可恶了！"特洛特气鼓鼓地说。

年轻人倒是平静了不少，接着说，

"国王既残暴又专制，我应该为自己没有受到严厉的惩罚而感到庆幸。说实话，那时候我并没有对公主动心，对她的回报只是出于礼貌而已。为了不让国王发现，我们只能在夜里约会。可是有一天，格劳丽亚告诉我，国王将要把她嫁给大臣古里古。那是一个富可敌国的老头，完全可以做公主的父亲了。格劳丽亚总共拒绝过古里古三十九次，但是他还是不死心。他送了很多金银财宝给国王，所以贪财的国王就命令公主嫁给他。公主告诉我，她这辈子只愿意嫁给我。今天早上，我们刚好在葡萄树下遇到了，我忍不住亲吻了公主的脸颊。这时，国王的两个侍卫抓住了我，当着格劳丽亚公主的面狠狠地揍了我一顿，公主想上去劝阻，却被国王拦在了身后。"

"这个国王太不讲道理了！"特洛特激动地说。

"他简直比恶魔还要恐怖。"庞悲伤地说。

"但是我觉得，"比尔船长一直在认真地听，突然打断了他，"你们对国王的指责并不公正。堂堂一国之君，怎么可能让公主嫁给一个卑贱的园丁呢？"

"说得有道理，"亮纽扣说，"公主和王子才是绝配。"

"事实上，我并不是园丁，"庞急切地说，"如果得到公正的待遇，现在的国王不应该是克鲁尔，而是我。那么，现在我就是王子，同样是上层社会的人。"

"什么？你是王子？你应该是国王？"船长不解地问道。

"是这样的，我是不祥园前国王的儿子，而现在的国王克鲁尔是我父亲的总理大臣。几年前的一天，我的父亲菲耶斯国王和克鲁尔一起出去打猎，不知道因为什么事情吵了起来。父亲戳着克鲁尔的鼻子骂了几句，这个动作激怒了残暴的克鲁尔。他把我父亲的马绊倒，让我父亲摔进了一个深潭，然后他命人往水潭里扔了很多大石块，压在了我可怜的父亲的身上，他就再也没有浮起来。你们大概也听说过，我们这里不会有杀人的事发生，但是我的父亲被永远地埋在了水潭底下，从此不见天日，和死了没什么两样。然后，克鲁尔就自封为王，不仅霸占了我父亲的城堡，还把他的亲朋好友全都赶了出去。这件事情发生时我还只是一个孩子。长大后，我成了国王的园丁，替国王干活，但他一直不知道我就是菲耶斯国王的儿子。"

"这简直太精彩了！我从来没有听说过这样离奇的事。"特洛特吸了一口气，接着说，"那公主的父亲又是谁呢？"

"格劳丽亚的父亲是钦德国王，是我父亲的前任国王。"庞回答道，"那个时候我的父亲还是钦德国王的总理大臣。钦德国王意外地掉进了山这边的大峡谷里，也就是不祥园和奥兹国其他地方的分界处，从此消失得无影无踪，于是我那作为总理大臣的父亲就继承了他的王位，尚在襁褓中的公主则被送到了她叔父的家里，也就是现在的国王克鲁尔那里。"

"照你这样说的话，"特洛特说，"格劳丽亚公主应该是这个国家的女王。"

"是的，她是国王的女儿，应该是尊贵的女王陛下。"庞承认道，"而我，也是国王的儿子，所以我在身份上并不像一般的园丁那样卑微。我想不通，如果我们两个身份同样尊贵的人想结婚，为什么就不行呢——除非克鲁尔国王坚决反对。"

"这件事情比想象的复杂很多，"比尔船长说，"不过，我们正打算去拜访你们的国王呢，或许我们可以为你说几句好话。"

"非常感谢！"

"你是因为挨打而心碎的吗？"天真的亮纽扣问道。

"没错！"庞说。

"如果换成我，我一定会想办法尽快把那颗破碎的心修复好，"小男孩建议道，"格劳丽亚公主需要的应该是一颗完好无损的心，就像她的一样。"

"是的！"比尔船长也同意了小男孩的说法。然后，他们和庞道别，继续朝城堡走去。

第十一章
场国王和古里古

不一会儿，他们就站在了城堡前宽阔的入口处，只见大门口站着几个佩着长剑和长矛的侍卫，全都衣着华丽。比尔船长走过去，问道：

"你们的国王在吗？"

"当然，我们英明神武、尊贵无比的国王陛下当然在城堡里。"一个侍卫冷冰冰地回答道。

"我们要进去拜访国王。"说完，船长一行人就朝入口处走去，但却被一个侍卫的长矛挡住了去路。

"国王是你们说见就见的吗？你们是谁？叫什么名字？来自哪里？为什么要拜见国王？"侍卫恶狠狠地呵斥道。

"说了你也不明白，"船长回答道，"我们来自其他的国家。"

"那请进吧，"侍卫一边说，一边放下了手中的长矛，"国王陛下一向对外地人很友好。"

"你们国家来过很多外地人吗？"特洛特问。

"不，在你们之前，从来没有外地人来我们这里，"侍卫回答道，"但是国王陛下常说，如果有其他国家的人到访，希望他们能在这里度过愉快的时光。"

比尔船长一边思考，一边轻轻地抚摸着下巴。侍卫的最后一句话并没有让他放下心来，但是他想，既然没有办法离开不祥园，还不如大大方方地去拜访国王，争取给他留下好印象。于是，他们在侍卫的带领下走进了城堡。

城堡里面比从外面看到的更加华丽精致。大理石的走廊，宽敞的房间，精美的家具，这一切都令人眼花缭乱。他们沿着过道穿过了好几间大厅，然后来到了一个硕大无比的露天大厅里，就在城堡的正中央。大厅的四周围着高高的塔楼墙，里面的过道表面刻着精美的图案，是由花坛、喷水池和五颜六色的大理石组成的。一大群人站在大厅的中央，原来是大臣和他们的夫人，被围在人群中的是一个瘦削的老年男子，戴着华美的皇冠。那个男子面色阴沉，眯缝着的眼睛里燃烧着一簇簇愤怒的火苗。他穿着一件精致的缎子丝绒服，神气十足地坐在闪闪发光的宝座上。很明显，他就是克鲁尔国王。从见到他的第一眼开始，比尔船长就可以断定，自己不会对他有好感。

"你是谁？"国王凶巴巴地问。

"回禀殿下，是几个外地人。"侍卫一边回答，一边向国王鞠躬，前脑勺和大理石砖来了个亲密接触。

"哦，外地人？哪儿来的啊？快过来，给我讲讲你们的故事。"

国王的语气和他的性格一样粗鲁，特洛特觉得有些害怕，比尔船长却镇定自若地回答道：

"没什么特别的，我们只是来视察一下，看看是否符合我们的要求。您的表现让我们觉得您并不友好，要知道，我们在拜访其他国家的时候，国王们看见我们来了，都会起身相迎、以礼相待，把我们当成贵宾。陛下这样的表现，会让人觉得整个不祥园就是一个没有教养的地方。"

国王已经很久没听到别人这样跟他讲话了，他皱着眉头，好奇地上下打量着他们。听见这些外地人居然敢对国王如此无礼，大臣们全都吓得目瞪口呆，连大气都不敢出。不过，国王自己好像也有点胆怯，因为残暴的人其实长着一颗虚弱的心。他不知道这几个人的底细，生怕他们会施魔法将他杀死，于是立刻下令给他们搬来椅子。

坐下来后，比尔船长点上了烟斗，自顾自地吸了起来，惬意地吐着烟雾，众人都十分惊讶。国王小心翼翼地问：

"请问，你们是怎么来到这里的呢？是穿越了整片沙漠，还是翻过了整座高山？"

"这有什么难的，我们是从沙漠上来的。"比尔船长满不在乎地说。

"沙漠？从来没有人能穿过那片沙漠。"国王惊讶地说。

"有什么好惊讶的，小事一桩。"比尔船长越是漫不经心，国王的好奇心就越强。国王忐忑不安地在宝座上扭来扭去，对这些外地人的恐惧不断加深。

"那你们打算在不祥园待多久呢？"国王和大臣们都祈祷着他们真的只是路过。

"那要看我们是否喜欢这里了。"比尔船长说，"现在，请先给我们准备几个房间吧。另外，我们饿了，请帮我们准备一些吃的，最好是煎洋葱和腌牛肚，这样我们才会高兴起来。不过现在，我们的心情糟糕透了。"

"没问题，都听你们的。"克鲁尔国王急切地说。但是，特洛特注意到国王的眼睛里闪烁着邪恶的光芒，不禁担心他会在食物里面下毒。国王一声令下，几个大臣立刻让仆人照办。他们刚走一会儿，一个干巴巴的老头就走了进来，毕恭毕敬地向国王鞠了一躬。他衣着华丽，穿着一件精致的丝绒服，衣服上装饰着很多褶子和花边，全身上下挂满了金项链和其他金银珠宝。他大摇大摆地走到国王面前，不屑地瞥了其他的大臣一眼。

"哎哟喂，我的陛下啊，这是怎么回事？"他尖细的嗓子让人觉得非常不舒服。

国王只是静静地看了他一眼。

"古里古啊，没什么大事，只是城堡里来了几个陌生人而已。"

古里古先是扫了比尔船长一眼，接着又用鄙视的目光看了看特洛特和亮纽扣，慢悠悠地说：

"陛下，我对陌生人的事一点儿兴趣都没有，我只在乎格劳丽亚公主一个人。怎么样，公主愿意嫁给我了吗？"

"你自己去问好了。"国王生气地说。

"我已经问了无数次了，但是她说什么也不答应。"

"那你觉得应该怎么办？"国王说。

"我觉得，"古里古阴阳怪气地说，"我们一定能想办法让那只明明会唱歌，但却连声音都不愿意发出的鸟放声歌唱。"

"你想得太简单了，"国王说，"要是强迫她就可以，那她早就嫁给你了啊。如果你能够做到，那就去试试吧。"

"归根到底，还是因为那个园丁。"古里古坚定地说，"公主觉得自己爱上了园丁，但是如果我们把他丢进大峡谷，问题不就解决了吗？你觉得怎么样，陛下？"

"这样做有用吗？"国王回答道，"她只会更恨你。"

"唉，那真是太可惜了，"古里古说着，做出要走的样子，"我又带来了一斗珠宝，打算在迎娶公主的当天献给陛下，它们每一颗都是无价之宝。"

爱财如命的国王先是两眼放光，很快又变得愁眉不展。

"杀死庞并不是解决问题的最好办法，"他自言自语道，"最重要的是，我们要让格劳丽亚死心。"

"你有办法，那自然再好不过了。"古里古赞同道，"如果真的能让公主对庞死心，所有的问题都不存在了。哦，陛下，我想起来了，我准备的是一斗半珠宝。"

这时，一个仆人走了进来，说已经给外地人准备好了晚宴。于是，比尔船长、特洛特和亮纽扣走进了一个大厅，只见桌子上摆满了好吃的，看得人口水都快流下来了。

"那个老家伙太讨厌了。"特洛特一边吃，一边说。

"我也很讨厌他。"比尔船长说，"但是听他们的意思，那个园丁不可能和公主在一起。"

"也许吧，"小女孩说，"但我也不希望公主嫁给那个丑陋的老头。"

"国王一定会为了那些珠宝而拆散公主和园丁的。"小男孩说，他的嘴巴被蛋糕和果酱塞得满满的，腮帮子都鼓起来了。

"可怜的公主！"特洛特叹着气说，"虽然我们连面都没有见过，但我还是替她感到难过。如果她死也不肯嫁给古里古，结果会怎样？"

"别为一个陌生的公主瞎担心了，"比尔船长说，"我强烈地感觉到，和这个残暴的国王在一起的时间越长，我们就越危险。"

原本吃得津津有味的特洛特和小男孩放慢了速度，这顿晚餐三个人都吃得闷闷不乐。晚饭以后，仆人带他们去各自的房间休息。比尔船长在城

堡的一端，那里地势很高；特洛特在城堡的另一端；亮纽扣则在他们俩的正中间。很明显，国王有意将他们三个分开。但是作为不速之客，被当作上宾礼遇，他们也不好再提出换房间的要求。

外地人离开大厅后，国王和古里古又开始交谈起来。国王说：

"你迎娶格劳丽亚公主的事情暂且搁置一下吧，我觉得我们应该先把那几个陌生人处理了，否则他们一定会破坏我们的计划。尤其是那个有一条木头腿的老头，他竟然能带着两个孩子穿越沙漠，所以我觉得他会魔法。"

"我讨厌他，因为他是个危险分子。"古里古建议道，"不过，也许是你多想了。我们为什么不试探一下呢？"

"怎么做？"国王问。

"去把坏巫婆请来，她一眼就能看穿他的底细。"

"这个主意不错，我怎么没想到呢？"国王兴奋地说，"可是坏巫婆会要很多钱。"

"放心吧，这个钱我出。"古里古一副财大气粗的样子。

于是，国王立刻派人去请坏巫婆，她就住在离克鲁尔国王的城堡几英里的地方。等待坏巫婆到来的期间，古里古提出要去看看格劳丽亚公主，但是他们俩把城堡找了个遍，都没有看到公主的身影。

古里古推断，公主可能在后花园里。后花园非常大，里面到处都是灌木和树，四周则是坚固而高大的城墙。在一个拐角处，一个安静的角落里，他们看见庞正跪在格劳丽亚公主的面前。他们顿时火冒三丈。

国王气急败坏地冲了过去，在墙边发现了一个梯子，原来庞是爬梯子溜进花园的。看见情况不妙，庞飞快地登上了梯子，只留下格劳丽亚公主一人面对怒气冲冲的国王和古里古。古里古吹胡子瞪眼，气得浑身直哆嗦。

国王使劲地拽住公主的手，不由分说地把她拉回了城堡，锁进了一间地下室里。就在这时，仆人禀告说坏巫婆来了。

国王的脸上终于露出了笑容，看起来邪恶无比。古里古也咧着嘴笑了，露出了仅剩的几颗尖牙，和一条龇牙咧嘴的毒蛇一模一样，他们的笑令人害怕不已。很快，两个人就一起向城堡里的会客大厅走去。

第十二章

蚱蜢船长

　　特洛特房间的窗户正好对着花园，所以刚才园丁和公主在花园约会，还有公主被强行带走的一幕，都被她看在眼里。公主果真和庞说的一样，是整个不祥园里最美丽、最善良的女子，特洛特忍不住对公主产生了同情心。于是，她偷偷地向关押公主的地下室走去，从一个隐蔽的壁龛里看见了被关在里面的格劳丽亚。国王和古里古走得匆忙，连地下室的钥匙都忘记拔走了，等到国王和古里古离开后，她就悄悄地来到门口，打开门走了进去，看见公主正趴在沙发上伤心地哭泣。特洛特走了过去，情不自禁地抚摸着她的头发安慰她。

　　"美丽的公主，别伤心了，"她说，"牢房的门我已经打开，你随时可以

出去。"

"我不是因为被关起来伤心，"公主哭着说，"是因为他们不让我和庞在一起。"

"恕我直言，庞并不值得你爱，"特洛特温柔地说，"你这么善良美好，值得拥有更好的爱人。"

听了特洛特的话，公主转过身来看着这个不礼貌的小女孩，眼神里满是责备。

"我只爱庞一个人，"她坚定地说。突然，她大声地叫喊道，"你的意思是让我嫁给古里古吗？绝对不可能！"

"没有，我不是这个意思。"特洛特解释道，"庞算不上完美，但是古里古绝对是个混蛋。耐心点，你一定能找到配得上你的爱的人。你那么美丽，所有的人都会爱上你的。"

"亲爱的小姑娘，你不懂，"格劳丽亚拿着一块精致的手帕，上面还点缀着好看的花边和珍珠，擦干眼泪说，"爱上一个人是不受控制的，我爱上了庞，就不会再爱上其他人。无论其他人多么优秀，无论他们是什么身份，都比不上我的庞。等你长大了，有了自己爱的人之后，就会明白我现在的心情了。"

小小年纪的特洛特确实不知道爱上一个人是种什么样的心情，也实在无法理解，但她一句话都没说。格劳丽亚好不容易才平复了自己的情绪，开始问起了小女孩的情况和经历。他们是怎么来到不祥园的，还有比尔船长、奥克、佩西姆和肉疙瘩的事，特洛特全都告诉了她。

她们聊得火热，彼此之间觉得更加亲近了。与此同时，另一场谈话正在国王的会客大厅里进行，谈话的人是国王、古里古和坏巫婆。

坏巫婆长得又老又丑，而且一只眼睛瞎了，在上面蒙了一层黑布，不祥园里的人都叫她独眼龙。按照规定，奥兹国的领土上绝不允许巫婆的存在。但是不祥园离奥兹玛的管辖范围很远，而且几乎与世隔绝，所以奥兹国的法律在这里相当于一句空话。巫婆在这里做了很多坏事，一听到她们的名字，人们就吓得浑身发抖。克鲁尔国王非但没有惩处她们，反而很欣赏她们的所作所为，任由她们施展自己的魔法。

独眼龙是这些巫婆里面的老大，既是人们最恨的人，也是人们最害怕的人。国王经常让她帮助自己惩罚和报复百姓，当然，他每一次都必须支付大量的金钱或者金银珠宝，所以他对她的恨一点也不比臣民少。不过，今天古里古主动提出承担费用，所以国王对她的态度好了很多。

"请问，你有什么办法可以让格劳丽亚公主不再爱那个低贱的园丁吗？"国王问。

坏巫婆想了好一会儿，才说："这个可不好办。我精通各种魔法，却不知道怎样才能彻底消灭爱情这个顽固的东西。你觉得自己已经把它消灭了，它却又死灰复燃了，和以前一样充满了生机。在我看来，爱情和猫一样，都有九条命。我的意思是，就算是一个老练的巫婆，也很难彻底毁灭爱情。不过，既然收了你们的钱，我一定会想办法的。"

"什么办法？"国王问。

"把公主的心冰封起来。我会一种特殊的咒语，能把公主的心冰封起来，这样她就再也不会爱庞了。"

"好，非常好！"古里古激动地叫了起来，国王也觉得很满意。

商量好后，他们又对价格进行了一番商讨，最后古里古答应了坏巫婆的要求。他们决定第二天就带公主去坏巫婆的家里施法。

然后，国王在坏巫婆面前提起了不祥园的几个陌生人：

"那两个孩子——一个男孩，一个女孩——我倒是不担心，但我总觉得那个装着木腿的老头法力高强，迟早会伤害我们。"

听完国王的话，坏巫婆觉得有些不安。

"如果真的像你说的那样，"巫婆说，"那个老头不仅会坏我的好事，可能还会在其他地方捣乱。赶紧带我去看看他，让我用魔法试探他一下，看看他到底有什么本事。"

"跟我来吧，"国王说，"他的房间就在二楼。"

国王带着独眼龙上了二楼，古里古则回家准备酬金了。他们穿过走廊，爬了好几层楼梯，才来到了船长的房间门口。

长时间的旅行和担心让比尔船长筋疲力尽，一躺到柔软而舒适的大床上就呼呼大睡起来。国王和坏巫婆轻轻地打开房门，蹑手蹑脚地走到了船长的床边，他却丝毫没有察觉。

独眼龙走到床边，忐忑不安地打量着床上的陌生人。

"没错，"她说，"国王陛下，他确实很像是一个法力高强的家伙。还好他睡熟了，否则我也不确定我是不是他的对手。安全起见，我还是在他醒来之前就把他变成一个毫无反抗之力的东西。"

"当心点！"国王叮嘱道，"千万别被他发现了，否则他一定会毁了你的。如果你出什么事了，谁帮我们去对付格劳丽亚呢？"

坏巫婆当然知道事情的严重性，所以动作又慢又轻，生怕吵醒了比尔船长。她从自己带来的黑色布袋里掏出了几个包裹严实的小纸袋，挑选了三个，然后小心翼翼地把其他的放了回去。只见她把两个小纸袋里的东西混合在一起，然后打开了第三个。

"陛下，请后退一些，"巫婆说，"如果沾到这些粉末，你也会变形的。"

国王吓得连忙躲在了角落里。独眼龙把所有的粉末混在一起，然后举起来在床前挥舞了半天，嘴里还轻声念叨着什么。

比尔船长睡得很沉，丝毫没有意识到危险的来临。突然，巫婆把粉末撒向比尔船长，然后自己快速后退。只听见噗的一声，粉末变成了一大团烟雾，笼罩在比尔船长的身上。过了好一会儿，烟雾才逐渐散去，独眼龙和国王发现原本躺在床上的人消失了，取而代之的是一只灰色的小蚱蜢。

奇怪的是，这只小蚱蜢也有一条木头腿。更奇怪的是，这只蚱蜢居然会说话，他用尖细的声音喊道：

"你们这群坏蛋！为什么要这样做？快把我变回去，否则你们就完蛋了。"

听了蚱蜢的话，国王胆战心惊地看向坏巫婆，但她只是不屑地笑了一下，举起拐杖使劲地向蚱蜢砸了过去，却被小蚱蜢躲开了——那条木头腿对他的跳跃没有造成任何不便。他使劲地往上一跳，从窗口蹦了出去，一转眼就消失不见了。

"太棒了！"国王总算是松了一口气，"我们终于除掉了这个讨人嫌的家伙。"咒语的灵验让他们开怀大笑，很快就准备起了下一个恐怖的计划。

从关押格劳丽亚公主的地下室离开后，特洛特又去了亮纽扣的房间，却发现他不在。接着，她又去了比尔船长的房间，他也不在，这时的她还不知道国王和坏巫婆来过这里的事。她焦急地询问了几个仆人，他们说小男孩去花园了，却没有一个人知道木头腿的老头去了哪里。

特洛特不知道该怎么办，于是在花园里四处转悠，盼望着能在那里找到亮纽扣和比尔船长，却没有任何发现。城堡前的这片花园是敞开的，和路口相通，那条路的尽头则是树林。她找了两个小时，却一无所获，只好回到城堡里。

在城堡的入口处，一个侍卫拦住了特洛特。

"我是你们国王的贵宾，"小女孩说，"我就住在里面。"

"哦，是吗？国王反悔了，不让你们再进去了。"侍卫说，"走吧，走吧，刚才的小男孩也没有进去。"

"那比尔船长呢？"特洛特问。

"听说他莫名其妙地消失了。"侍卫不耐烦地摇着头说，特洛特觉得情况不太妙，"我不知道他去哪儿了，但我敢肯定，他已经离开了城堡。我让你失望了，请原谅，但是我也是奉命行事。"

特洛特早就习惯了和比尔船长在一起的生活，现在他突然消失了，这

让特洛特心里空落落的。但是这个勇敢的小女孩没有流一滴眼泪，甚至没有表现出一丝丝恐惧和悲伤。直到离开城堡后，她才在花园里一个没人的角落里找了一条长凳，痛痛快快地哭了一场。

这时，夕阳西下，马上就要天黑了。同样被侍卫拦在城堡外的亮纽扣终于在花园里找到了特洛特。

"没事的，"小男孩安慰道，"我们一定能找到睡觉的地方。"

"我想比尔船长了。"小女孩哭着说。

"我也是。"他说，"但是我不知道去哪里找他。你觉得他会去哪儿，特洛特？"

"除了他不见了之外，我什么都不知道。"

亮纽扣坐在她身边，双手放在灯笼裤的口袋里，认真地想了好一会儿。

"比尔船长肯定不在附近。"他扫了一眼幽暗的花园，斩钉截铁地说，"我们必须去其他地方看看。而且，马上就要天黑了，如果我们想找个睡觉的地方，还是赶紧出发吧。"

他一边说，一边站了起来，特洛特也跳了起来，用围裙把眼泪擦干了。他们手拉手，离开了国王城堡的领地。他们没有走大路，而是从一片小树林的出口处钻了出去，最后找到了一条几乎没人走的小路。他们沿着这条弯弯绕绕的小路一直往前走，连一间房子都没有看见。天已经完全黑了，树林里没有灯火，所以看不清前面的路。于是，特洛特停了下来，说她想在树下休息一晚。

"好吧，"亮纽扣说，"我以前也经常用树叶当被子。等等，你瞧，那儿是灯光吗？"

"真的是灯光。我们过去看看那是不是一间屋子。反正不管里面住的是谁，都绝不会像国王那样对待我们。"

要到达有灯光的地方，他们就必须离开那条小路。他们拉着彼此的手，眼睛死死地盯着那微弱的灯光，跟跟跄跄地在土丘和茂密的灌木丛中穿行。

这两个无家可归的可怜虫被留在了一个陌生的地方，一直守护他们的比尔船长也丢下他们不管了。他们好不容易才看到一间草屋，透过窗户，他们意外地发现里面竟然是园丁庞，立马开心地笑了起来。此刻，庞正坐在燃烧着的火堆旁。

特洛特鼓起勇气推开门走了进去，庞热情地迎了上来。听他们讲述了比尔船长消失和他们被赶出城堡的事情后，庞伤心地摇了摇头。

"如果我猜得没错，这一切都是克鲁尔国王的阴谋。"他说，"今天，我亲眼看见他派人把独眼龙带进了城堡，也就是那个坏巫婆。她肯定跟国王和古里古在一起，她可能会对格劳丽亚施魔法，把我们拆散。但是也有可能，坏巫婆是去对付你们的朋友比尔船长的。"

"那个坏巫婆很厉害吗？"特洛特吓得不轻。

"是的，她不仅鬼点子多，而且心狠手辣。"

"比尔船长会怎么样？"

"我也不知道，可以肯定的是，他失踪了。所以，我断定他已经遇害了。别着急，如果事情已经发生了，着急也解决不了任何问题；但是如果事情没我们想象的那么糟，明天早上我们一定能找到他。"

说完，庞从橱柜里拿出了一些吃的，亮纽扣吃得津津有味，特洛特却闷闷不乐地坐在一边。她在担心比尔船长，所以什么都吃不下。亮纽扣吃饱了就躺在火堆边呼呼大睡起来，特洛特则和庞默默地坐了很久，眼睛一眨不眨地盯着摇曳的火光。慢慢地，特洛特觉得有些累了，庞给她盖了一条毯子，又添了一些干柴，然后躺在了亮纽扣身边。很快，三个人都进入了梦乡。虽然情况对他们不利，但是对于小孩子和年轻人而言，睡着了也算是一种解脱，至少可以暂时忘却这些烦恼。

第十三章
格琳达和稻草人

在奥兹国翡翠城的南面，有一个叫奎德林的地方。它的最南端耸立着一座高大雄伟的宫殿，格琳达就住在里面。

格琳达是奥兹国拥有最高魔法的女巫，会各种各样的魔法，她就是用这些魔法为奥兹国的人民谋福利的。奥兹国内很多优秀的魔法师都是格琳达的徒弟，他们的本领全都比不上格琳达，所以，就算是赫赫有名的奥兹魔法师，也会心甘情愿地把自己的功绩归到格琳达身上。

不管是至高无上的统治者奥兹玛，还是普通的奥兹老百姓，所有的人都真心地爱着格琳达。因为她不仅心地善良，而且总是热心地帮助他人。无论她多忙，她都会耐心地倾听别人的困难，尽自己最大的努力帮助他。谁都不知道她的真实年龄，但是只要见过她，绝对会为她美丽的外表和端庄的姿态所倾倒。她蓝色的大眼睛像天空一般清透，流露出无限的真诚与友好。她的脸艳若桃花，精致小巧的嘴巴简直和含苞待放的玫瑰一模一样，好看极了！她身材高挑，走路的时候，华丽精美的长袍拖曳在身后很远的地方。她从不佩戴任何珠宝，因为世界上的珠宝在她面前都会黯然失色。

她有五十个侍女，全都是从奥兹国各个城邦里挑选出来的最美丽、最可爱的姑娘，有来自温基的，有来自蒙奇金的，有来自吉利金和奎德林的，还有来自奥兹玛的翡翠城的，所有的人都以能服侍格琳达为荣。

除了有美丽善良的姑娘们，城堡里还有各种神奇的东西，其中最神奇的是一本魔法记事簿，记录着世界上的每个角落里发生的事情。格琳达只需要每天定时翻阅这本记事簿，就会对附近国家里所发生的事情一清二楚，也就能及时对那些遭遇不幸或陷入困境的人施以援手了。虽然她的职责是帮助奥兹国的臣民，但她并没有对其他国家发生的事情漠不关心。

一天晚上，格琳达在图书室里，那群侍女也在图书室里忙活着，有的在纺纱，有的在织布，有的则在绣花。这时，一个仆人前来禀报，说稻草人来到了宫殿。

在整个奥兹国，所有的人都听过稻草人的鼎鼎大名。他的身体其实是用稻草做的，外面则裹着一套蒙奇金领地的衣服；他的脑袋是一个圆布袋，里面装的是麸皮，只不过麸皮被奥兹魔法师施了了不起的魔法。圆布袋的正面还有眼睛、鼻子、嘴巴和耳朵，全都是用笔画上去的。这个奇形怪状的家伙变成了活物，尽管他的面部表情很滑稽，但是十分有趣。

和格琳达一样，稻草人也是个心地善良的大好人。没错，他没有匀称整洁的外表，动作生硬而笨拙，但是他不仅有礼貌，而且很和气，非常有人情味。他也是一个负责任的老实人，所有认识他的人都很爱他——在奥兹国，几乎所有的人都认识他。他有时候住在奥兹国翡翠城的宫殿里，有时候则住在温基领地那个像玉米棒子芯一样的城堡里，那里才是他自己的家。有时候，他会去奥兹国的其他地方逛逛，亲切地和人们交谈，或者和孩子们一起做游戏，他非常喜欢小孩子。

在这一次的旅行中，他来到了格琳达的宫殿，受到了她的热烈欢迎。他和格琳达坐在一起，兴致勃勃地讲述着旅途中发生的趣事。他问：

"最近有什么新鲜事吗？"

格琳达看了看记事簿的最后几页。

"确实有一件很稀奇的事。"她显得十分惊讶地说，"不祥园出现了三个陌生人。"

"不祥园在哪儿？"

"它离我们很近，往东走一会儿就到了。"她回答道，"不祥园也是奥兹国的领土，但是被一座大山隔开了，而且山脚下有一道大峡谷，据说没人能翻过去。"

"也就是说，不祥园也是奥兹国的领地。"他说。

"没错，"格琳达说，"但是除了这本记事簿上记载的内容，奥兹人对它一无所知。"

"书上写了些什么？"稻草人问。

"他的国王是克鲁尔，是一个可恶的篡权者。那里的大部分臣民都是好人，但是他们活得战战兢兢的，生怕惹怒了国王。那里还有几个坏巫婆，也让人们觉得非常恐怖。"

"那些巫婆会魔法吗？"稻草人问。

"没错，她们每个人好像都会一些最邪恶的法术，其中一个人已经把一个诚实可靠的老水手变成了小蚱蜢，他就是三个陌生人之一。不仅如此，这个叫独眼龙的巫婆还打算冰封格劳丽亚公主的心。"

"简直太恐怖了！"稻草人大声嚷嚷道。

从记事簿里，格琳达了解了特洛特和亮纽扣被赶出国王城堡，以及后来在草屋避难的详情，她的表情看起来非常严肃。

"就算国王和坏巫婆不杀他们，我还是担心那几个可怜的人会遇到更多的危险。"善良的格琳达担忧地说，"希望我能给他们一些帮助。"

"需要我做些什么呢？"稻草人迫不及待地问，"如果有什么我能做的，请尽管开口，我一定会尽力去做。"

格琳达呆呆地看着记事簿，一句话都没有说。过了好一会儿，她才说："我想让你去不祥园保护他们三个。"

"好的，我很乐意。"稻草人毫不犹豫地说，"我见过亮纽扣，他之前坐着魔法师的大气球来过奥兹国。"

"是的，"格琳达说，"我也记得这件事。"然后，她命人拿来几件宝贝，对稻草人进行了详细的讲解。稻草人把宝贝装进了衣兜里。

"我想，你越快出发越好，"格琳达说，"反正你也不用睡觉。"

"是的，白天和夜晚对我来说都一样，"他说，"但是晚上太黑了，我看不清路。"

"放心吧，我会帮你照亮道路的。"格琳达说。

稻草人向格琳达道别后就出发了。到第二天早上，稻草人就站在了隔开奎德林和不祥园的大山山脚下。这座山比想象的更加陡峭和危险，稻草人忍不住倒吸了一口气。他从口袋里拿出一根短绳，这是格琳达给他的宝贝之一。他把绳子的一端使劲地往上一抛，绳子就伸展开了，看起来足足

有好几百英尺长，最后牢牢地拴住了山顶上的一块巨石。他顺着绳子爬到了山顶后把绳子收了起来，在山的另一边放了下去。当他顺着绳子爬到山脚时，那里其实就已经是不祥园的地界了。可是，横在稻草人面前的是一个宽阔的峡谷，要想走到不祥园的城堡，就必须跨过去。

稻草人蹲了下来，仔细地观察着周围的一切，很快就在一些树叶下面发现了正在吐丝的褐色蜘蛛，它缩成了一团，像个圆球一样。他从口袋里掏出两颗小药丸，放在蜘蛛的身边。看见吃的，蜘蛛爬过去一口吃了下去。这时，稻草人命令道：

"赶紧给我吐丝！"

那只蜘蛛果然照办了。

没多久，那只蜘蛛就吐出了两根又长又结实的丝线，从这头一直延伸到了峡谷的另一端。两根线中间的距离为五六英尺，稻草人就是利用这两根细细的绳子爬到峡谷的另一边的。为了保持身体平衡，稻草人像走钢丝一样，小心翼翼地踩在一根线上，双手则紧紧地抓着上面的那一根。多亏了神奇的药丸，线虽然很细，却非常结实，足以承载稻草人的重量。

越过峡谷，往前走了一会儿，稻草人就站在了不祥园的土地上。他看见国王的城堡就在不远处，于是直奔前方。

第十四章

冰封公主的心

　　在庞的草屋里，亮纽扣第一个醒了过来。他看了看身边还在睡梦中的同伴，决定自己一个人出去逛逛。清晨的树林里弥漫着淡淡的雾气，空气清新极了。在不远的地方，他看见了一片茂密的灌木丛，灌木上挂着很多黑色的浆果，于是赶紧走了过去。到这他才发现这些浆果已经成熟了，而且非常甜，于是大口大口吃了起来。灌木一簇一簇的，随处可见，小男孩继续往前走，像只无头苍蝇一样不停地在树丛里穿梭。这时，一只蝴蝶飞了过来，为了追蝴蝶，他又跑了很长一段距离。当他停下来观察周围的环境时，却发现庞的草屋早就没了踪影，也不知道怎样才能回去。也就是说，他迷路了。

　　"哎，怎么又迷路了呢？"他喃喃

自语道，"但是没关系，反正我经常迷路，最后总会被人找到。"

特洛特醒来时发现亮纽扣不见了，觉得有些不安。她知道亮纽扣总是粗心大意的，这次肯定又迷路了，但是转念一想，他过一会儿就会回来了，因为他不习惯在走失的地方待很长时间。庞给小女孩准备了早餐，然后特洛特和他一起在屋外沐浴着温暖的阳光。

草屋和大路之间还有一段距离，但是从他们站着的地方可以把那条大路看得一清二楚。突然，他们看见了格劳丽亚和两个侍卫的身影，惊得眼珠子都快掉出来了。侍卫们把格劳丽亚的双手绑得紧紧的，生怕她逃跑了。如果她走得稍微慢一点，侍卫就会使劲地推着她往前走。

克鲁尔国王就在他们的后面。他戴着镶满了珠宝的皇冠，手里不停地挥舞着一根细细的金手杖，手杖的一端有一个用玉做的圆球。

"他们这是要带公主去哪儿？"特洛特问。

"估计是去坏巫婆家里吧，"庞回答道，"我们跟去看看吧。我敢肯定，我亲爱的格劳丽亚很快就要遇害了。"

"万一他们发现我们了怎么办？"她担心地问。

"放心吧，他们绝对不会发现我们的。跟我走，我知道一条近路可以直接通往独眼龙的家。"他说。

于是，她跟着庞一路小跑，很快就到了巫婆家附近。他们藏在一片灌木丛里，看见可怜的格劳丽亚一行人走了过来。他们离得那么近，庞甚至一伸手就能摸到他心爱的人，但他没有这样做。

巫婆的家是一座八角形的建筑，每一面都有窗户，烟囱里还冒着黑烟。他们看见侍卫押送着格劳丽亚站在了一扇门前，巫婆把门打开了。她阴笑了几声，搓着干枯的手，对送上门来的受害者表现出了极大的热情。能在这样一个仙女般的姑娘身上施展魔法，独眼龙简直乐开了花。

他们让格劳丽亚进屋，但她死活不肯进去，最后被侍卫用力地推了进去。眼睁睁地看着别人欺负自己的心上人，庞顿时火冒三丈，把原有的小心谨慎抛到了脑后，疯狂地冲了上去。但是，门口的一个侍卫拦住了他，把他推到了一边，然后用力地关上了门。

庞一骨碌爬了起来。"没事的，"特洛特安慰道，"就算你进去了，又能怎么样呢？你爱上她真是不走运。"

"是的，"他伤心地说，"爱上她的确很痛苦。如果我不爱她，国王怎么对待自己的侄女都不关我的事；但是现在既然我爱上了她，我就有责任保护她。"

"先别说什么责任不责任的，关键是你没能力保护她。"特洛特说。

"和他们相比，我和一只小蚂蚁没什么区别。窗口在那儿，让我们看看他们在干什么。"

特洛特也很好奇，于是他们趴到其中的一扇窗上，偷偷地往里看。屋子里的人都在各自忙活着，没有人注意到窗外趴着偷看的庞和特洛特。

只见，格劳丽亚被捆在大厅中间的一根粗柱子上。国王给了巫婆很多钱和珠宝，这些都是古里古准备的。巫婆拿到钱后，国王问她：

"你确定能冰封格劳丽亚的心吗？她真的不会再爱那个低贱的园丁了吗？"

"你就放一百个心吧。"巫婆说。

"那你开始吧，"国王说，"你施展魔法的时候可能会有我不想看到的场面，我就先走了。但是你要记住一点，如果失败了，我就要把你烧死。"说完，国王就带着侍卫走了。

他们走得很突然，幸好特洛特和庞很机灵，在克鲁尔出门之前绕到了房子的后面，不然的话肯定会被发现。国王和侍卫都走了，留下可怜的格劳丽亚和巫婆单独相处，任凭巫婆的折磨。

特洛特和庞再次趴到窗子上时，居然看见独眼龙死死地盯着格劳丽亚。公主吓得差点晕了过去，但还是不屑地怒视着坏巫婆。她被绑在柱子上不能动弹，憎恶的表情是她唯一能做的事情。

不一会儿，巫婆往沸腾着的水壶里加了些粉末。水壶发出了三道亮光，伴随着每一次亮光出现的还有一个巫婆。三次亮光之后，屋子里总共多了三个巫婆，全都是令人作呕的丑八怪。独眼龙和她们窃窃私语了一会儿，三个人就得意洋洋地笑了起来。她们围着格劳丽亚转了几圈，然后又往水壶里扔了些东西。接着，令人惊奇的一幕发生了：三个丑巫婆不仅变得年轻貌美，而且穿着华丽的长袍，只是眼睛里还是无法掩饰地透出邪恶，让人不寒而栗。不过，只要她们低着头，或者不和人对视，人们肯定会对她们的绝世容颜称赞有加——就算你明知道她们是恶魔，也一样会这么做。

特洛特从来没有见过这么美丽的姑娘，于是情不自禁地赞美起来，但很快就把全部的注意力转移到了她们的行为举止上。接着，先前的赞美消失了，取而代之的是深深的恐惧感。

只见老巫婆从怀里拿出一个铜瓶，往水壶里倒了一点东西，水壶就开始冒起了白烟。三个巫婆动作优雅地继续往水壶里添加着什么东西，搅拌的同时嘴里还不停地念叨着什么。给她们下达命令的坏巫婆则坐在一边看着，皱巴巴的脸上露出了可怕的奸笑。

等到水壶里的水不再沸腾，魔法就结束了。巫婆们把水壶提了下来，独眼龙则用一个木勺舀了一勺壶里的东西，然后走到公主的面前，念叨着：

"冰封她的心，让她永远不知道爱是什么。"

说完，独眼龙把水壶里的东西向公主的胸口泼去。

特洛特看着公主的身体慢慢变成了透明的，原本鲜红跳动的心正在慢慢地失去活力，变成了灰色，然后又变成了白色，表面还覆盖着厚厚的一层雪霜，最后化作了晶莹剔透的冰晶。过了一会儿，公主的身体又恢复了原来的样子，那颗心却再也看不见了。她好像昏了一会儿，等到再次清醒的时候，她美丽的大眼睛里已经没有了恐惧，也没有了温度。

看着公主的变化，独眼龙和另外三个巫婆知道她们的魔法成功了，于是得意地大笑起来。三个年轻的巫婆兴奋得手舞足蹈，接着独眼龙给公主松了绑。

特洛特简直不敢相信自己的眼睛，因为只是一眨眼的工夫，原本优雅美丽的三个年轻女子又变成了又老又丑的巫婆。她们挂着扫帚柄和拐杖肆意地取笑格劳丽亚，格劳丽亚却面无表情，就像没看到她们一样。格劳丽亚恢复自由后便迫不及待地走了出去，巫婆们都没有拦她。

特洛特和庞目不转睛地看着屋里发生的一切，下意识地紧靠着窗户。

但没想到的是，格劳丽亚走出屋子的那一刻发生了一件意外的事，窗框松了，然后重重地掉到了地上。巫婆们惊叫着，很快意识到自己的恶行被人发现了，于是挥舞着扫帚和拐杖，飞快地冲向了窗口。庞敏捷地跳了下去，特洛特也紧随其后。在恐惧感的驱使下，他们跑得飞快，跳过一道道沟坎，向小山顶飞奔而去，用力地从一道又一道不太高的篱笆墙上跨了过去。

独眼龙和另外三个巫婆在他们后面紧追不舍，但是她们实在是太老了，根本追不上那两个年轻人。坏巫婆命令另外三个巫婆先回去，然后自己一个人继续苦苦地追赶。一想到他们偷窥自己施展魔法，她就恨得牙直痒痒，所以她必须尽快抓住他们，好好教训教训他们。

庞和特洛特一路狂奔，确定巫婆没有追上来之后决定坐在树林边休息一会儿。他们累得上气不接下气，特洛特首先开口说话了。她对庞说：

"真是太可怕了，你觉得呢？"

"我还是第一次目睹这么可怕的事情。"庞赞同道。

"格劳丽亚公主的心被她冰封了，她现在不爱你了。"

"她的心真的被冰封了，"庞沮丧地说，"但是我不怕，我一定会用爱融化它的。"

"你觉得格劳丽亚去哪儿了？"过了一会儿，特洛特接着问。

"她比我们早离开巫婆的家，应该已经回到城堡了吧。"他回答道。

"绝对不可能。"特洛特分析道，"我逃跑的时候回头看了看，想知道巫婆离我们有多远，正好看见公主慢慢地朝北方走。"

"好吧，我们从小路绕到北方去。"庞建议道，"没准我们能遇上她。"

特洛特答应了。于是，他们开始往北走，很快又回到了独眼龙的家。独眼龙压根没有想到他们还会回来，她追到小树林后就钻进了树林，拼命地往前跑。

庞和特洛特终于看见了格劳丽亚，就在离巫婆的屋子不足半英里的地方，此刻正向他们走过来。公主还是和以前一样端庄、优雅，没有一丝一毫的匆忙和惊慌。她骄傲地昂着头，直直地盯着前方。

庞飞快地迎了上去，想热情地拥抱她，口中还不停地呼唤着她的名字。

但令人意外的是，格劳丽亚只是面无表情地看了他一眼，冷漠地拒绝了他，仿佛把他当成了一个陌生人。心上人的拒绝让庞伤心欲绝地跪在地上，双手捂着脸痛哭起来。但公主还是没有任何反应，从他身边经过时，她小心地提了提衣裙，似乎是故意想躲开他。然后，她在路上东张西望了好一会儿，似乎是不知道自己到底应该往哪走。

特洛特既为庞的悲惨遭遇感到难过，也为格劳丽亚对他的冷漠感到气愤不已，但是她知道真正的原因。

"没事的，这都是因为公主的心被冰封了。"她对公主说。格劳丽亚轻轻地点了点头，然后转过身去，不再看特洛特。

"公主，你连我也不喜欢了吗？"特洛特哀求地说。

"是的。"公主说。

"你的声音比冰山还冷。"特洛特叹着气说，"以前的你是多么可爱啊，而且对我很好，现在却变得冷冰冰、硬邦邦的。虽然我知道这并不是你的本意，但还是觉得非常伤心。"

"我的爱已经彻底消失了，"公主平静地说，"我不会再爱任何人，甚至包括我自己。"

"完蛋了！"特洛特大喊道，"如果你不先爱别人，别人怎么会爱你呢？"

"不，我爱，"庞深情地看着公主说，"我永远爱她。"

"但你只是一个园丁，"特洛特说，"我一直不看好你们。我爱的是以前那个善良而优雅的格劳丽亚公主，而现在的公主实在太无情了。"

"那不是她的错，她只是因为心被冰封了。"庞坚定地说。

"够了！"特洛特说，"既然她的心里再也容纳不下任何人，那她就变得冷酷无情了。现在，我要去找比尔船长和亮纽扣了。"

"等等，我跟你一起走，"庞说，"格劳丽亚已经不爱我了，她的心已经变成了一块坚冰，我的爱根本没法融化它。既然如此，我还是帮你找朋友吧。"

庞依依不舍地看了看公主，她还是一副冷冰冰的样子，于是他坚决地和特洛特一起离开了。

看着两人远去的背影，公主停下来思考了片刻，然后朝着庞离去的方向跟了上去。只是，她走得很慢，很优雅。过了没多久，她的身后传来了一阵匆忙的脚步声。原来是古里古跑了过来，累得气喘吁吁的。

"公主，等等我，"他喊道，"去我的宫殿吧，我们的婚礼马上就要举行了。"

她茫然地看着他，过了好一会儿才转过身子，毫不犹豫地朝前走去。古里古紧紧地跟在她的屁股后面。

"出了什么问题？"古里古问，"你不是已经不爱那个园丁了吗？"

"我是不爱他了。"公主回答道，"我再也不会爱任何人了，包括你、庞，还有我的国王叔叔，甚至连自己都不爱了。古里古，你快走，我谁都不会嫁。"

古里古被公主的话彻底激怒了，但是很快就气急败坏地嚷嚷了起来：

"为了让你不再爱那个园丁，我给了独眼龙和你的叔叔一大笔钱，国王陛下已经答应把你许配给我了。如果你拒绝了我，我就会变得一无所有，就像被抢劫了一样。所以，不管怎么样，你都必须嫁给我！"

格劳丽亚对他的歇斯底里没有一丝害怕和震惊，只是冷冷地看着他在那儿大喊大叫，然后冷笑了一声，转身继续往前走。古里古一把抓住公主，不让她离开。公主回头的同时，挥起拳头向他打了过去，古里古滚到了路边的小沟里。他在沟里挣扎了好半天，瞪着眼睛，任凭泥浆水没过他的一半身体。

等到古里古好不容易从沟里爬出来的时候，公主早已没有了踪影。古里古又气又恼，叫嚷着要去找格劳丽亚、国王和独眼龙报仇，然后才踉踉跄跄地朝自己的宫殿走去。他那件昂贵的丝绒衣服已经脏得不成样子了，恐怕要好好洗一洗。

第十五章

初遇稻草人

从独眼龙家回来的路上，他们一边继续往前走，一边四处寻找亮纽扣和比尔船长。可是，他们走了好几英里，却连一个人都没有看见。最后，他们在一片玉米地旁停下了脚步，坐在阶梯上歇一会儿。午餐时间到了，庞从衣兜里掏出几个苹果，递给特洛特一个，然后自己也吃了起来。吃完后，他们顺手把苹果核丢进了田里。

玉米地里突然发出了一个声音，"谁打我的眼睛？"

话音刚落，稻草人就站了起来。原来，他一直躲在玉米地里偷偷地观察庞和特洛特的一举一动，看自己有没有必要帮助他们。

"对不起，"庞赶紧说，"我没有看见你。"

"你怎么会在这里呢？"特洛特问。

"你是那个园丁吗？"稻草人对庞说，然后转过身子看着特洛特，"你就是那个骑着大鸟来到不祥园的孩子吧？你的朋友比尔船长和亮纽扣都不见了，是吗？"

"你听谁说的？"她问。

"我知道的事情可多了。"稻草人骄傲地说，"我的脑袋是奥兹国最厉害的魔法师组装的，就连他自己也说我是他装得最聪明的一个人。"

"嗯，我听说过你，"特洛特兴致勃勃地打量了他一会儿，才慢吞吞地说，"可是，你不是一直住在奥兹国吗？"

"是的，"他高兴地说，"我是今天早上才来到不祥园的，格琳达请我来帮助你们。"

"帮助谁，我吗？"庞问。

"不，我说的是从其他国家来的人，他们看起来遇到了麻烦。"

"我正在帮他们啊。"庞气冲冲地说，"请原谅我这么说，但是一个连眼睛都是用笔画上去的稻草人凭什么能照顾别人呢？"

"如果你连这一点都不明白，那只能说明你的眼睛还比不上稻草人。"特洛特不高兴地说，"他是从奥兹仙境来的仙人，法力无边。"说完，她转过头来对稻草人说，"请你帮帮比尔船长吧。"

"我会尽力的。"他说，"那个丑陋的老太婆是谁？她拿着拐杖冲过来了。"

特洛特和庞同时回头，看见独眼龙正坐在扫帚上气势汹汹地冲向他们。他们发出了惊恐的尖叫，沿着小路飞奔而去。独眼龙好不容易追了上来，她恶狠狠地发誓，一定要逮住这两个可恶的家伙。

稻草人很快就意识到，这个丑陋的老太婆是来找他的新朋友的麻烦的。于是，当她从他身边经过时，他挺身而出，挡在了她的前面。稻草人出现得太突然了，巫婆根本来不及变换方向，砰的一声，他们俩撞到了一起。稻草人倒在了地上，她自己也被绊倒了，滚到了路边。

稻草人一骨碌坐起来，连连说："抱歉！"可是，巫婆又用拐杖把他打倒了。老巫婆气急败坏地跳到稻草人的身上，疯狂地撕扯着他的稻草，不一会儿，没有还手之力的稻草人就变成了一副空皮囊，旁边则静静地躺着一大堆稻草。幸运的是，他的脑袋滚到了一个小坑里，所以躲过了一劫。然后，巫婆继续追赶特洛特和庞，很快就在山坡上消失得无影无踪了。

过了一会儿，一只灰绿色的小蚱蜢跳到了稻草人的头上。他的一条腿是木头做的。

"嘿，伙计，你压到我的鼻子了。"稻草人的脑袋说。

"你是活的？"蚱蜢惊讶地问。

"当然，"稻草人的脑袋说，"只要我的脑袋完好无损，只要我的身体重新被稻草填满，我立马就会变得生龙活虎。我的脑袋是全世界最聪明的，非常管用。但是我不知道怎样才能向你们证明自己到底是死还是活，因为活人早晚会死，我却只会被毁坏。"

"照我说，"蚱蜢用前腿挠了挠他的鼻子，"生死对你来说没什么区别，只要你没有被彻底毁坏。"

"那倒没有，只要帮我塞一些稻草就可以了。"稻草人说，"如果庞和特洛特能回来，我就有救了。"

"特洛特和庞就在附近？"蚱蜢激动地问，声音都有些颤抖了。

稻草人没有立刻回答蚱蜢的问题，因为一双美丽的眼睛正在盯着他和那只蚱蜢。她就是格劳丽亚公主。她四处闲逛到了这里，无意中听见了稻草人的脑袋和一只蚱蜢的谈话，觉得非常惊讶。

"她，"稻草人盯着她说，"一定就是园丁庞的心上人吧。"

蚱蜢，也就是比尔船长，仔细地看了一会儿，然后惊呼道："没错，就是她。"

"不，"公主面无表情地说，"我的心被冰封了，现在我谁都不爱。"

"巫婆真是太可恶了！"稻草人嚷嚷道，"这么美丽的女子为什么不会爱人呢？亲爱的公主，你能帮我把这些稻草塞进去吗？"

公主看了看稻草人的破衣服和乱糟糟的稻草，脸上露出了嫌弃的神情。她没有拒绝也没有同意，只是不由自主地向后退了几步。这时，再次摆脱巫婆的特洛特和庞重新回到了这里。原来，他们一直躲在山坡上的草丛里，正好在坏巫婆瞎了的那只眼睛看不见的地方。她只顾着往前跑，丝毫没有意识到自己上当了。

看着被撕扯得乱七八糟的稻草人，特洛特和庞又是自责又是伤心，特洛特连忙蹲下去把稻草往他的长袍里塞。庞连忙上前去请求格劳丽亚的怜悯，公主却无情地转过了身子。庞叹了一口气，去给特洛特帮忙了。

一开始，他们都没有看见那只小蚱蜢。他们来到这里的时候，蚱蜢已经跳到一边藏在了路旁的一叶小草上，那里非常安全。等到稻草人重新站起来，向救命恩人鞠躬的时候，他才跳到了路中央，大声地喊道：

"特洛特，特洛特，你看看我，我是比尔船长啊，是巫婆把我变成了现在的样子。"

尽管他用尽了全身的力量喊出那些话，可是在特洛特听

起来声音还是非常的小。她吃惊地看着突然蹦出来的小蚱蜢，吓得目瞪口呆。直到她看见蚱蜢的那条木头腿时，她才蹲了下去，伤心地哭了起来。

"是你，是你，我亲爱的比尔船长，你真是太可怜了！"特洛特越哭越伤心。

"噢，特洛特，你别哭。"船长安慰道，"我一点儿也不疼，就是觉得非常不方便，而且很屈辱。"

"我真恨不得，等我长大了，我变得足够强大，我就要把独眼龙变成癞蛤蟆，变成乌龟，变成蚂蚁，让她也尝尝这种滋味。"特洛特好不容易才止住泪水，气冲冲地说，"我要长得又高又壮，把独眼龙狠狠地揍一顿，然后把她变成一只癞蛤蟆。"

"别着急，"稻草人也安慰她说，"比尔船长不会一直这样。我敢说，格琳达一定有办法解除魔咒。"

"谁是格琳达？"船长问。

于是，稻草人对他们讲述了格琳达的事，包括她的美丽、善良和高强的法力。他还说，格琳达知道他们遇到了麻烦，就派他来帮助他们，因为国王和坏巫婆都是恶魔。

第十六章

与国王谈判

所有人都坐在草地上听着稻草人讲述，包括格劳丽亚。虽然她有些不愿意与这些人为伍，但是比起克鲁尔和古里古，他们的话题更能够吸引她的注意。而且，这里没有人指责她的变化，因为他们都知道是巫婆的魔法把她变成了这样。

"如果我早一点来就好了，"稻草人懊悔地说，"但是格琳达一知道你们的事情，立刻就派我来了。现在，除了亮纽扣以外，所有的人都到齐了，我们还是研究一下下一步的作战计划吧。"

这的确是个明智之举。大家围坐在草地上，格劳丽亚也一样。蚱蜢跳到了特洛特的肩膀上，她的温柔抚摸让他觉得非常舒服。

"首先，"稻草人打破了沉默，"现在的国王克鲁尔并没有资格当国王，他只是一个可恶的篡位者。"

"没错，"园丁连忙附和道，"我的父亲是之前的国王，我是……"

"别插嘴，你就是个园丁，"稻草人毫不客气地打断了他的话，"你父亲的王位也来得并不光明正大。真正的国王是格劳丽亚公主的父亲，所以，只有格劳丽亚公主才有资格成为不祥园的领导者。"

"我同意，我同意。"特洛特赞同道，"可是，克鲁尔肯定不会轻易放弃王位的，我们该做些什么呢？"

"他当然不愿意，"稻草人说，"所以，我们要想办法逼他退位。"

"怎么做？"特洛特问。

"让我好好想想。"稻草人说，"我聪明的脑袋瓜马上就能派上用场了。我不管你们会不会动脑筋，但我的脑子绝对是全奥兹国最聪明的。给我一点时间，我一定会想到最好的办法的。"

"好吧，你慢慢想。"特洛特说。

"非常感谢。"说完，稻草人就在那儿坐了半个小时，像个雕塑一样一动不动。蚱蜢在特洛特的耳边小声地嘀咕着，特洛特也时不时和他说些什么。庞则一直深情地望着公主，但公主压根儿就没有搭理他。

突然，稻草人哈哈大笑起来。

"你想到办法了？"特洛特焦急地问。

"是的，我的脑子今天好像特别灵活。我们马上就能征服克鲁尔国王，让格劳丽亚公主登上不祥园女王的宝座了。"

"太棒了！"小女孩欢呼雀跃地说，"是什么办法呢？"

"交给我吧。"稻草人得意地说，"要知道，我天生就是个当征服者的料。首先，我们要派人去给国王送一封劝降书。如果他拒绝了，我们就要用绝招了。"

"想都不用想，他肯定不会答应。写信有什么用呢？"庞说。

"先礼后兵是基本的礼貌嘛！"稻草人耐心地解释道，"不警告就直接征服，那只会显得我们很无礼。"

大伙儿赞同了稻草人的建议，可是找了一圈也没有发现纸、笔和墨水，根本写不了信。经过商议，他们决定派庞去传达口信，同时还要注意语气，既要坚决，还要有礼貌。

庞并不愿意当这个信使，因为他觉得这个任务太危险了。但现在的情况是，稻草人是他们的首领，他不敢违抗命令。于是，庞只好硬着头皮去国王的城堡。一行人一起走到了庞的小屋，他们决定在这里等庞回来。

庞和稻草人是第一次见面，对他的智慧充满了怀疑。他轻轻松松就脱口而出，"我们将征服克鲁尔国王"，可庞越往前走，心中的疑虑和担心就越来越重，不由自主地在心里想，一个塞满稻草的人、一个小女孩、一只蚱蜢，再加上一个冷冰冰的公主，真的能让国王投降吗？他非常清楚，仅凭自己的一己之力根本不可能打败国王。

人们都认识庞，所以没有人阻拦他，他顺利地走进了城堡，却在宫廷紧闭着的大门前犹豫了起来。一看见他，国王就皱起了眉头。他觉得，格劳丽亚之所以惹这么大的麻烦，罪魁祸首其实是庞。现在，格劳丽亚的心虽然被冰封了，却没有和古里古结婚，反而连人影都不见了。国王恶狠狠地问："格劳丽亚公主呢？你对她做了什么？"

"我什么都没干。"庞颤抖着声音回答道，"她已经不爱我了，甚至不愿意和我说话。"

"那你来这儿干吗？"国王质问道。

庞看了看四周，却没有找到可以逃走的出口。接着，他深吸了一口气，大声地说："我是来劝你投降的。"

"投降？"国王吼叫道，"向谁投降？"

庞就像被浇了一盆凉水一样。

"是的，投降，向稻草人投降。"他回答道。

刚说完，大臣们就哈哈大笑起来。克鲁尔国王快气疯了，从座位上跳起来，挥舞着手中的拐杖狠狠地打庞。庞疼得嗷嗷直叫，手臂却被两个侍卫抓得紧紧的，无法挣脱。直到国王打累了，他们才松开了手。走出城堡后，庞强忍着疼痛，跌跌撞撞地回到了自己的小屋。

"你怎么了？"稻草人急切地问，"克鲁尔投降了吗？"

"没有，他揍了我一顿。"庞哭着回答道。

看着浑身是伤的庞，特洛特难过极了，格劳丽亚公主却还是一点反应都没有。蚱蜢跳上稻草人的肩头，问他下一步应该怎么做。

"很简单，征服他。"稻草人毫不犹豫地说，"但是这次我自己去。不管他们用长矛还是大刀，都伤害不了我。"

"真的吗？"特洛特问。

"不用担心。你们人类和蚱蜢都有神经，但是我没有，他们绝对伤害不了我——除了一件事。征服国王对我来说只是小菜一碟。"

"什么事？"特洛特问。

"他们肯定不知道，所以没事的。各位，我要走了，等我的好消息吧。"

"可是，你连武器都不带吗？"庞有些担心。

"没关系，"稻草人说，"我用起武器并不太方便，而且还有可能伤害到无辜的人，那样我会自责的。如果你愿意，请把屋里的马鞭给我吧。拿着马鞭走路的确怪怪的，但是我知道你们不会怪我的。"

拿到鞭子后，稻草人对大家鞠了一躬，然后就信心十足地朝国王的城堡走去。

第十七章

奥克回归

再来说说已经失踪了很久的亮纽扣吧，可能大家都快把他遗忘了。大家应该都知道，他和稻草人一样，都没有神经。在这个世界上，他从来不会因为任何事而感到惊讶，也不会因为任何事而着急或不高兴；不管运气好坏，他总是微笑着，从来不会抱怨。正因为如此，认识他的人都很喜欢他，他自己却因此而陷入各种困境，迷路更是常有的事。

一天，他四处闲逛，翻山越岭，终于想起了比尔船长和特洛特，但这并没有影响他的好心情。鸟儿欢快的歌声、野花摇曳的风姿，还有微风带来的淡淡的干草香，让他每天都生活得很开心。

"这个国家什么都好，除了一件事之外，"他在想，"但我怎么能怪它呢？"

一只草原犬鼠突然从一个土堆下伸出了脑袋，用亮晶晶的眼睛看着小男孩。

"嘿，请离我的家远一点。"她对小男孩说，"别踩到或吓坏我的小宝贝们了。"

"好的，好的，实在是抱歉。"亮纽扣回答道。他看着地上的小土堆，小心翼翼地绕了过去。然后，他吹着口哨继续往前走。突然，一阵暴躁的声音传到了他的耳朵里：

"赶紧闭嘴，我的头都快炸了！"

在一根树枝上，亮纽扣发现了一只年老的灰色猫头鹰，于是笑着说："听你的，你这个大惊小怪的老东西。"就这样，他闭上了嘴巴，一直走到了离猫头鹰很远的地方。到中午的时候，他看见了一户农家。家里只有一对年迈的夫妻，老爷爷的耳朵不好使，老奶奶是个哑巴。他们虽然不能回答亮纽扣的问题，也不知道怎样才能去庞的草屋，却听懂了亮纽扣的意思，热情地给他拿来了很多好吃的。吃完午饭，亮纽扣心满意足地和他们告别，然后继续一边玩耍一边寻找回去的路。

一路上，他穿过了一片又一片树林，每一次都会过去看个仔细。因为他记得，国王的城堡附近就有一片树林，庞的小草屋就在离城堡不远的地方。凭借这唯一的记忆，他不停地在树林里穿梭着，却总是一无所获。最后，他穿过一片树林，站在了一块空地上，竟然看见了奥克。

"嗨，奥克，"亮纽扣高兴地招呼道，"你是从哪里来的？"

"我是从奥克王国飞回来的，"奥克回答道，"我终于找到我的奥克王国了，就在这附近。他们为了欢迎我，准备了一场又一场的活动，所以我现在才回来看你们。"

"噢，我迷路了，你能送我回去吗？"亮纽扣问。

"小意思，我已经把方向弄清了。特洛特和比尔船长在哪儿？"

亮纽扣把他们遇见园丁庞，之后去国王的城堡，怎么样被赶了出来，一路上发生了些什么，还有公主和庞的事情全都告诉了奥克。得知比尔船长的遭遇后，奥克担心极了。

"走吧，我们现在立刻去寻找他们，说不定他们正需要帮助呢。"他说。

"可是，我迷路了，"亮纽扣说，"我不知道庞的小屋在哪个方向。"

"没关系，我们一定会找到庞的草屋的。"奥克信誓旦旦地说，"只要我飞上天，很快就能看见国王的城堡。就像你一走进林子就被我发现了，我一直在林子外等你。"

"我们怎么飞？"小男孩问。

"你趴在我的肩膀上，抱紧我的脖子，能行吗？"

"先试试看。"亮纽扣说。奥克浑身光溜溜的，为了让小男孩坐稳，他蹲了下来，让他抓紧自己的脖子。然后，奥克开始启动自己的尾巴，很快就飞到了空中，比树梢还要高很多。

奥克只盘旋了一两圈，就发现了城堡的塔楼，径直飞了过去。他在城堡附近的上空转来转去，亮纽扣终于找到了庞的草屋。他们降落在草屋前，特洛特欣喜若狂地冲了过来。

她给奥克介绍了格劳丽亚。看到中了魔法变成蚱蜢的船长，奥克和亮纽扣都很吃惊。

"比尔船长，你现在感觉怎样？"奥克问。

"除了怕被人踩到，还有不喜欢吃青草以外，也没有什么不好的。"船长轻描淡写地回答，他不想让更多的朋友再为他担心了。

"你能吐出蜜糖吗？"

"不能，"比尔船长回答道，"但是如果你使劲地挤压我，我也不知道会是什么情况，我不喜欢那样。"

"知道了，"奥克说，"带我去见识一下那个凶残的国王和坏巫婆吧，我要好好教训教训他们。你长得实在太小了，比尔船长，但是不管在哪里，我一眼就能认出你的木头腿。"

接着，他们讲述了格劳丽亚的心被冰封，以及稻草人特地从奥兹国赶来帮助他们的事。得知稻草人独自一人去征服国王的消息，他开始不安起来。

"可能不行，"奥克说，"国王什么坏事都做得出来。稻草人听起来挺有意思的，我想去看看。"

"你打算怎么做？"特洛特问。

"等着吧，"奥克说，"请原谅，我必须先回家一趟。别靠近我的尾巴，我担心尾巴启动的时候产生的风会把你们刮倒。"

他们给奥克腾了一块地方。他起飞的时候仿佛就是一道闪电，瞬间就消失不见了。

"没有人知道，"亮纽扣眺望着奥克远去的身影，严肃地说，"他会不会回来。"

"当然会！"特洛特肯定地说，"奥克非常讲义气，我们可以百分之百地相信他。听我说，无论奥克什么时候回来，克鲁尔国王都不会欢迎他。"

第十八章

稻草人遇险

稻草人对克鲁尔国王毫不畏惧，满脑子只想着帮格劳丽亚夺回女王的地位。他大摇大摆地来到城堡外，要求觐见国王。

守城的侍卫看见来者是个外地人，就恭敬地把他放了进去。稻草人径直走到了国王的会客大厅，国王正好在那里解决手下之间的纠纷。

"来者何人？"国王问。

"我是来自奥兹国的稻草人，是来劝你投降的。"

"哼，我凭什么要听你的呢？"稻草人的话让国王惊呆了。

"我已经调查得一清二楚，你是一个暴君，根本没有资格统治这个美丽的国家。要知道，不祥园是奥兹国的领土，你必须听从奥兹玛的命令，而我就是她

的好朋友和仆人。"

克鲁尔听说稻草人是奥兹国来的使者，心里打起了鼓。虽然稻草人说的都是实话，但是奥兹国从来不过问不祥园的事情，也没有派人来过这里。再说，只要还有一线机会，哪个国王愿意把王位让给别人呢？于是，他嘲笑似的奸笑道：

"稻草人，赶紧给我滚开，我正忙着呢，以后再说。"

可是稻草人并没有把克鲁尔的话听进去，他转过身，对大厅里的大臣和民众说：

"大家听好了，我以奥兹国奥兹玛的名义宣布，克鲁尔再也不是不祥园的国王了。从今天开始，你们的公主格劳丽亚将继承王位，你们要对她忠诚，为她服务。"

大臣和仆人们看了看稻草人，又看了看国王，没有人敢动，也没有人敢发出任何声音。虽然他们都恨极了克鲁尔，但是他们对这个突然出现的外人也持怀疑态度。国王气急败坏地举起手中的金拐杖敲打稻草人的脑袋，稻草人立马倒了下去。

可是，一转眼，他又站了起来，用从庞的小屋带来的马鞭狠狠地抽打国王。国王疼得呼天抢地，怒气冲冲地命令侍卫们把稻草人抓住。

他们疯狂地用长矛和剑捅稻草人的身体，但是除了衣服上多了几个窟窿之外，稻草人好好的。最后，由于人数悬殊太大，稻草人被古里古用绳子绑了起来，战争暂时告一段落。

稻草人简直是不要命了，国王长这么大，还从来没有挨过打，怎么能受得了这么大的侮辱呢？他气急败坏地把稻草人关进了监狱。这不是什么难事：稻草人被捆得像粽子一样，一个人就能把他拖走。

稻草人被带走后，国王还是咽不下这口气，绞尽脑汁地想好好地惩治一下稻草人，却又没有想出什么好办法。

等到战战兢兢的大臣和百姓告退后，古里古走到国王身边，露出了诡异的笑容。

"我有个主意，"他说，"他是稻草人，那就用火把他烧死吧！"

听了古里古的话，国王高兴地一把抱住了他。

"太棒了！"他兴奋地嚷嚷道，"就这样做吧。"

于是，他叫来侍卫和仆人，让他们在城堡花园的空地上燃起了一大堆篝火。他还特意下令，所有的臣民都必须去那里，亲眼见识一下和他作对的结局。很快，花园里就挤满了人。仆人们用的都是干柴，一旦燃烧起来，就算是大白天，几里外也能看得一清二楚。他还让人把自己的宝座搬了过来，这样他就可以高高在上地看着稻草人活活被烧死。接着，稻草人被带了过来。

只要一碰到火，稻草人马上就会变成一堆灰烬，所以火是稻草人在这个世界上唯一害怕的东西。这样死去并不十分痛苦，但是他知道，如果奥兹国的臣民们，尤其是多萝茜和奥兹玛，得知他去世的消息肯定会非常伤心。

但是，稻草人像个无所畏惧的勇士一样，迎接生命最后一刻的到来。站在熙熙攘攘的人群面前时，他镇定自若地对国王说：

"你等着吧，你会受到报应的，我的朋友们会来为我报仇的，而你，就等着从你的王座上滚下来吧。"

"你的朋友不在这儿，怎么会知道我做了什么呢？死人还怎么说话？"国王嘲笑道。

然后，他一声令下，稻草人被绑在了一根粗壮的木柱上，四周还有很多干柴。等到一切准备就绪，国王的铜管乐队开始演奏起了欢快的乐曲。古里古举着一根点燃的火柴走了过去，用力地扔到了柴火堆里。

顷刻间，大火染红了半边天空。火舌跳动着奔向稻草人，所有人都屏住呼吸看着眼前的一切。突然，天空变暗了，一阵狂风伴随着巨大的轰鸣声，在空地的上空回旋着，简直和十几列火车同时发出的声音一样嘈杂，大家还以为是柴火爆裂的声音呢，突如其来的那阵狂风也被他们当成了微风。还不等大家做出反应，一大群奥克从天而降，起码有四五十只。他们飞快地转动尾巴时产生的强大气流把干柴吹得乱七八糟，燃烧的干柴都被吹到了离稻草人很远的地方。

这阵龙卷风还有更厉害的地方呢。克鲁尔国王从他的宝座上滚了下来，翻了几个跟头后正好撞到了城堡的石墙上。他刚想爬起来的时候，一只奥克飞了过来，死死地把他按倒在地上。古里古则像一颗炮弹一样，冲到高空中后很快就坠落了下来，挂在了一根树枝上，在半空中荡来荡去。他胡乱地蹬着双腿，慌乱地挥舞着双手，不停地嚷嚷着救命，一看就是个胆小鬼。

拥挤的人群则倒向了后边，乱成了一锅粥；所有的侍卫都被吹得倒在了地上，动弹不得。人们惊魂未定地看着这些奇怪的大鸟。他们不仅救了稻草人一命，而且还狠狠地教训了克鲁尔国王。

他们是奥克带过来的。奥克一个箭步冲过去解开了稻草人身上的绳子，说："我们来得太及时了，如果再晚一分钟，你就完蛋了。从这一刻开始，你就是这里的统治者了，你可以命令人们做任何事情。"

说完，奥克把地上的王冠捡了起来，戴在了稻草人的头上。只见，穿得破破烂烂的稻草人一步一步地向国王的宝座挪过去，然后一屁股坐了上去。

与此同时，人群中响起了热烈的欢呼声，人们激动地把帽子抛到了天上，挥舞着手帕，欢迎新国王的到来。眼看着以前的国王被打败了，侍卫们也开始欢呼起来，他们早就恨透了以前那个凶残狠毒的国王。所以，对征服者表示敬意才是最明智的行为。几个侍卫把克鲁尔国王五花大绑，扔到了稻草人的脚下。古里古还在继续挣扎，最后摔到了地上。他想偷偷地溜走，却被眼尖的侍卫们逮住后捆了起来，丢到了克鲁尔的身边。

"我们赢了，我们赢了！"稻草人激动地欢呼着，由于太过用力，他胸膛内的稻草啪啪作响，"奥克，这个胜利是属于你们的，我的命也是你们救的，以后这个国家还是你们说了算吧。"

第十九章

解除魔法

打败了克鲁尔国王后，他们第一时间派了一只鸟去向庞报告了这个好消息。格劳丽亚、庞、特洛特和亮纽扣立刻上路，马不停蹄地向城堡奔去。眼前的一幕把他们惊呆了：稻草人完全是一副国王的派头，人们恭敬地跪在他的面前。他们向新国王行大礼后，分别站在了王位的两边。那只蚱蜢一直蹲在特洛特的肩头，此刻跳到了稻草人的肩上，在他的耳朵边小声地说：

"这个王位应该是格劳丽亚公主的。"

稻草人摇了摇头。

"不，现在还不是时候，"他回答道，"格劳丽亚的心被冰封了，根本不可能好好地治理这个国家。"说完，他直直地盯着奥克。奥克正洋洋得意地走来走去，他对自己的所作所为感到非常自豪。"你，或者你的朋友，能找到独眼龙吗？"

"她去哪了？"奥克问。

"肯定还在不祥园。"

"那我们必须把她揪出来。"奥克说。

"太好了！"稻草人说，"如果你们找到她了，一定要把她带过来，我要好好地惩处她。"

奥克唤来自己的同伴，跟他们描述了独眼龙的样子，然后大家就相继出发了。他们起飞的时候没有给出任何警告，稻草人被吹了起来，最后落在了庞的怀抱里。庞小心地把他送回了宝座。随之而来的还有一阵尘土和灰沙，如果蚱蜢不及时地跳到树上，肯定会被卷到人群里。一切恢复平静后，他又回到了特洛特的肩头。

奥克和那些大鸟很快就彻底消失了。稻草人不仅在众人面前发表了一番演讲，还给他们介绍起了格劳丽亚。事实上，这里的人早就听过格劳丽亚的名字，并且非常喜欢她，但他们对她的心被冰封的事一无所知。稻草人向他们讲述了克鲁尔和古里古煽动坏巫婆对格劳丽亚下毒手的始末，人们气愤不已。

与此同时，五十只奥克翱翔在不祥园的上空，在山谷、树林和溪滩里仔细地搜寻独眼龙的踪迹。终于，一只奥克在一片灌木丛中发现了巫婆的脚后跟。他发出一声尖叫，将自己的同伴呼唤过来，几只奥克一起飞下去抓起了独眼龙。几只奥克用强壮有力的爪子揪住坏巫婆的衣服不放，把她拎到了半空中。她拼命地挣扎，可是她的一切努力在体型庞大的奥克面前都是徒劳。他们把她带回了城堡，扔在了稻草人的宝座前。

"终于找到你了。"稻草人满意地点点头说，"听好了，我命令你，解除你所有的魔法。"

"哼！"巫婆嘲笑道，"我懒得搭理你们，小心我用魔法把你们全都变成猪，在烂泥里打滚。当心点，我一定会这么做的。"

"你别做梦了，"稻草人站了起来，慢慢地走到巫婆的身边，说，"我离开奥兹国时格琳达女巫给了我一个魔法盒，不到关键时刻不能拿出来。我

想，打开它的时候到了。你觉得呢，特洛特？"

"别再等了，稻草人，给她点颜色看看！"特洛特迫不及待地说，"情况已经够糟了，如果再不采取行动，她肯定会继续做伤天害理的事情，这样的话，情况就会更加糟糕。"

"我同意。"说完，稻草人拿出了一个小盒子，把里面的东西倒在了独眼龙的身上。只见一阵浓浓的白烟升起，片刻之后，巫婆在所有人的注视下慢慢萎缩变小，她脸色苍白，不停地颤抖。

"啊，你做了什么？天哪，快停下来……"巫婆发出一阵阵惨烈的叫声，两只手绞在一起，"该死的稻草人，快给我解药，你有解药吗？"

"当然。"稻草人得意地说。

"赶紧给我，"巫婆央求道，"给我解药，我什么都听你的。"

"我说什么，你就得干什么。"稻草人说。

巫婆变得越来越小……

"快说吧，让我做什么，"她着急地喊道，"我什么都答应你。"

"你把比尔船长变成了一只蚱蜢，你马上把他变回来。"稻草人说。

"没问题。蚱蜢呢，在哪儿？"她惊慌地嚷嚷道。

稻草人看看比尔船长，他心领神会立刻从特洛特肩头跳了下来，蹦到了稻草人的身上。

独眼龙一看见蚱蜢，就立刻念起了咒语，她现在没有别的选择，不敢浪费一分一秒。蚱蜢还没来得及从稻草人的肩膀上跳下来，就突然变成了比尔船长，把稻草人压倒了。幸好稻草人一点事儿都没有，他从地上爬了起来，拍了拍身上的尘土。特洛特高兴地冲了过去，紧紧地抱住了比尔船长。

"解药呢？快给我解药！"独眼龙哀求道，她已经变得只有原来的一半大了。

"还有一件事，"稻草人说，"你必须把公主冰封的心融化掉。"

"那太难了，我不能答应。"巫婆惊恐地喊道，她还在继续变小。

"哼，别废话，快点行动吧。"稻草人的态度十分坚定。

看着稻草人脸上的表情，独眼龙知道自己没有别的选择，只好围着公主又唱又跳。公主还是面无表情，冷漠地看着眼前的一幕。巫婆从头上拔下了一缕头发，从衣服的下摆处撕下了一块布条，然后跪在地上，从黑色的口袋里拿出一种紫色的粉末，倒在头发和布条上。

"实在是太可恨了！"她哀号道，"这种神奇的魔粉永远地消失了。但为了保命，我还有其他的办法吗？火柴，快给我火柴！"她气喘吁吁地说，仔细地盯着人们的脸。

只有比尔船长带了火柴，他赶紧把火柴递给了独眼龙。独眼龙划亮火柴，点燃了混着粉末和头发的布条，紫色的烟雾瞬间就把格劳丽亚围在了里面。渐渐地，烟雾变成了玫瑰色，不仅鲜艳，而且是透明的。在玫瑰色的烟雾中，原本那个美丽的公主终于回来了。很快，她的心露了出来，外面还包裹着一层透明的冰霜。最后，公主的心变得越来越亮、越来越热，和所有人的心脏一样咚咚咚地跳动起来了。烟雾散去，站在人们面前的是一脸微笑的格劳丽亚。

庞战战兢兢地朝公主走过去，用期待的目光望着公主，热情地向她敞开了怀抱。她看着自己的爱人，毫不犹豫地扑进了他的怀抱。看到两颗相爱的心终于结合在了一起，人们感动极了，不约而同地转过头去，低着头，不想破坏这个美好的时刻。

独眼龙又叫了起来，她的声音更小了。

"解药呢？"她叫道，"快给我解药。"

稻草人看着变小的独眼龙，她甚至没有自己的膝盖高了，这才掏出另一个盒子。当他把盒子里的东西倒在独眼龙身上时，独眼龙停止了变小，可是她并没有恢复成原来的样子，她很快就意识到了这一点。

她恶狠狠地看着稻草人和他的朋友，再次念起了咒语，如果不出什么意外，这种咒语轻而易举就能毁掉不祥园的一半人口。可是，她不知道格琳达的魔法不仅让她身材变了样，同时还彻底废了她的魔力。她试了一遍又一遍，却没有任何作用。稻草人发现了她的阴谋，对她说：

"你可以走了。从现在开始，你和普通的老太婆没什么两样。既然再也做不了坏事，那你还不如多做点善事。到时候你就会知道，做好人会更开心。"

这个消息对独眼龙来说无异于晴天霹雳。在回家的路上，她为自己凄惨的命运感到懊恼，痛哭不已，却没有一个人同情和可怜她。

第二十章

女王格劳丽亚

第二天早上，稻草人命人把所有的大臣和臣民请到了会客大厅，那里非常宽敞，同时容纳这么多人完全没问题。稻草人端坐在尊贵的王位上，头上戴着那顶金光闪闪的王冠。美丽善良的格劳丽亚坐在稻草人的一边，庞则坐在稻草人的另一边，他和往常一样穿着一件破旧的工装，看起来既严肃又沮丧。他实在不敢相信，美丽高贵大方的公主居然还会继续爱他这个低贱的园丁。特洛特和比尔船长坐在稻草人的脚下，兴致勃勃地望着眼前的一幕。亮纽扣没吃早饭就悄悄地溜出去了，没有人知道他去哪儿了，不过他在仪式结束前赶了回来。一排大鸟站在王座的后面，中间是奥克，其他的鸟则在宫廷的入口处把守着。人们好奇地注视

着他们，一脸敬畏之情。

看到所有人都到了，稻草人就开始发表讲话了。他讲述了格劳丽亚的父亲，也就是深受百姓爱戴的钦德国王被庞的父亲菲耶斯国王谋害的经过，以及菲耶斯国王被克鲁尔国王谋害的详情。克鲁尔国王是个人人憎恨的暴君，根本没有资格当不祥园的国王，格劳丽亚公主才是王位的合法继承人。

"不过，"他接着说，"我作为一个外人，对于让谁来统治不祥园的问题没有发言权，还是你们来决定吧，这样才能心服口服。现在，就把选择权交给你们。"

"稻草人！稻草人！"人们齐呼稻草人的名字，这让他十分高兴。

因为打败了克鲁尔国王，稻草人赢得了人们的心，所有的人都希望他能留下来当国王。但是，稻草人拼命地摇晃着脑袋，如果不是特洛特紧紧地按着，他的脑袋恐怕就要掉到地上了。

"不行！"他说，"感谢大家对我的支持和认可，可是我毕竟是奥兹国的人，是奉奥兹玛陛下的命令来帮助格劳丽亚公主和她的朋友的。我的任务已经完成了，马上就要离开了。你们必须选出一个真正的国王。"

人们犹豫了一会儿，有人喊出了"庞"的名字，但更多的人选择了"格劳丽亚"。

于是，稻草人牵着格劳丽亚的手，让她坐在宝座上，然后把金灿灿的王冠戴在了她的头上。公主有一头浓密的长卷发，映衬得王冠熠熠生辉。人们跪倒在新女王面前，大声地欢呼着。格劳丽亚却弯下腰，拉着庞的手，把他牵到了自己的身边。

"亲爱的臣民们，我觉得我们不祥园需要有一位国王和一位女王一起来统治。"她微笑着说，"庞是菲耶斯国王的儿子，我们不久就会结婚。"

听了格劳丽亚女王的话，大家都由衷地感到高兴，尤其是庞。对他来说，生命中最重要的时刻莫过于此。亲眼看到庞和格劳丽亚终成眷属，特洛特、亮纽扣和比尔船长向他们表达了最诚挚的祝福。但是奥克连着打了两个喷嚏，因为他觉得庞根本配不上高贵的格劳丽亚女王。

整个国王交接活动的最后，稻草人命人带来了前任国王克鲁尔。一看见头戴枷锁、身穿囚服的克鲁尔，人们又是嘲骂又是扔东西，不停地往后退，不想让他碰到自己的衣服。

曾经的克鲁尔傲慢而蛮横，现在却因为对命运的未知而畏畏缩缩的，像惊弓之鸟一样。但是格劳丽亚和庞洋溢在重逢的喜悦中，早就把复仇的念头忘得一干二净了。他们提出，如果克鲁尔能洗心革面、尽职尽责，就让克鲁尔接替庞之前的工作，当一个园丁，但是他得改名，叫格鲁尔。克鲁尔毫不犹豫地答应了所有的条件。庞换上国王的服饰后，把破旧的工装交给了格鲁尔。格鲁尔穿上衣服后，就径直去花园给玫瑰浇水了。

为了庆祝格劳丽亚女王和国王庞继位，城堡里举行了热闹非凡的晚宴。所有人都很高兴，铜管乐队还现场为他们演奏了一曲《奥克与特洛特之歌》献给他们国家的勇士，也献给他们的格劳丽亚女王。这一天，永远地烙在了不祥园人们的脑子里。

格劳丽亚和她的未婚夫在花园里翩翩起舞，与他们的臣民一起庆祝着，比尔船长、亮纽扣、特洛特和稻草人，还有奥克，则聚集在城堡外的花园里。除了三只大鸟之外，奥克请来的救兵们在格劳丽亚女王的加冕礼结束时就已经离开了。比尔船长感激地对一直陪伴着他们的小奥克说：

"这次我们真的要好好谢谢你，要不是你们及时出手相救，恐怕我现在还是一只蚱蜢呢。说真的，当蚱蜢太痛苦了。"

"如果不是你，亲爱的奥克，"稻草人说，"我可能永远没办法打败克鲁尔国王。"

"没错！"特洛特赞同道，"你现在可能已经是一堆灰烬了。"

"我可能还在迷路，"亮纽扣插嘴道，"真的非常感谢，奥克先生。"

"没什么大不了的，谁叫咱们是朋友呢？"奥克回答道，"我的叔叔要举行一场晚宴，我答应了他一定要赶回去，我必须离开了。"

"真不走运啊！"稻草人不舍地说。

"这话怎么说？"奥克问。

"我原本打算请你带我们飞过那座山，回奥兹国的。因为我的任务已经完成了，我必须回翡翠城了。"

"那你之前是怎么过来的？"奥克问。

"是用一根绳子和一束蜘蛛丝过来的。我可以原样返回，但是特洛特、亮纽扣和比尔船长会觉得非常困难——也许是根本不可能做到。所以我觉得，如果你不是特别着急，麻烦你和你的同伴带我们飞过去，然后送我们回奥兹国。"

奥克想了好一会儿才说：

"这个晚会十分重要，我们必须赶回去。但是，你们愿意现在就出发吗？"

"现在？现在可是夜晚啊。"特洛特喊道。

"今晚的月色皎洁，是个适合赶路的好天气。"奥克凭借他多年的飞行经验建议道，"奥兹国很远，而且我的表亲们已经很累了。如果你们愿意现在就上路，想让我把你们送到山的另一边，那我们就出发吧。"

比尔船长和特洛特彼此看了看，决定听从奥克的建议。比尔船长想尽快地离开这个伤心之地，特洛特则迫不及待地想去见识一下美妙的奥兹仙境。

"虽然不和新国王和女王道别太无礼了，"稻草人说，"但是他们现在应该无暇顾及我们。更重要的是，被奥克送回去比自己爬过去轻松得多。"

"行，那我们出发吧！"特洛特说，"可是，亮纽扣去哪儿了？"几分钟

前，他还在他们身边，现在又突然消失了。大家立刻四处寻找，却发现他坐在铜管乐队里，正在使劲地用一根吃剩的火鸡骨头敲锣打鼓。

"特洛特，你听，"亮纽扣兴奋地叫道，"原来用鸡骨头敲鼓的声音这么好听，我还是第一次听见呢。对了，鸡骨头上的肉也是我吃的。"

"别玩了，我们得上路了。"

"去哪儿？这么急！"亮纽扣问道。但是，特洛特一句话都没说，径直拉着他的手来到了花园里，其他人都已经准备好了。

特洛特爬到了她的老朋友奥克的背上，其他人则分别爬到了另外三只大鸟的背上，他们都紧紧地抓着鸟的脖子。然后，奥克们发动螺旋桨尾巴，飞到了天上，朝山的方向飞去。他们飞得非常高，比最高的山峰还要高得多。越过危险的大峡谷后，他们降落在了一块空地上。

"太好了，这里已经是奥兹国了。"

"你确定吗？"特洛特好奇地看了看四周。

除了树木高大的影子和此起彼伏的山峦的轮廓，以及脚下那软绵绵的草皮之外，特洛特什么都没看见。在朦胧的月光下，什么都看不清。

"我觉得，这里没什么特别的。"比尔船长自言自语道。

"不，当然不一样。"稻草人坚定地说，"奥兹国是全世界最美丽的地方，而这里只是奎德林，是最不起眼的地方。我承认，这里稍微有那么一点点荒凉，但是——"

他还没说完，就被一阵强大的气流和嗖嗖声打断了，原来是奥克和他的表亲们飞到了空中。

"祝你们晚安！"奥克尖细的嗓音在天空中回荡着。特洛特也扯着嗓子喊道："晚安！"她和比尔船长还没有好好向奥克道谢，他就走了，她伤心得差点哭了起来。

"好了，伙伴们，现在并不是我们欣赏美景的时候，赶快去找个地方睡觉吧。我从来不睡觉，可我知道你们人类到了晚上就必须闭上眼睛休息。"稻草人建议道。

"我累极了，"特洛特一边说，一边不停地打着哈欠，"如果实在找不到屋子，我们就在树下睡一晚吧，或者干脆躺在草地上。"

就在这时，他们在不远处看见了一间小屋，屋子黑漆漆的，稻草人不小心撞了上去。比尔船长走上前去敲了敲门，没有回应。稻草人鼓起勇气推开了门，其他人则跟在他的后面。他们刚走进去，屋里立刻亮起了灯。屋里明明没有人，也没有任何照明的工具，那灯是从哪里来的呢？特洛特想不明白，也懒得在这个问题上浪费时间。屋子的正中间放着一张餐桌，桌上摆满了各种各样的美食，有的还在冒着热气呢。

看到吃的，两个孩子发出了惊喜的欢呼声，但他们不知道这些东西是谁准备的，这里连一个灶台或壁炉都没有。

"这真是一个神奇的国度。"亮纽扣一边自言自语道，一边脱下外套和帽子，一屁股坐到了餐桌旁边，"这些食物太香了，和不祥园的大鸡腿差不多。亲爱的比尔船长，请把松饼给我吧。"

特洛特和比尔船长再次打量着四周，屋里的确一个人也没有。突然，他们发现正对面的墙上挂着一块金色的匾，上面写着四个大字："欢迎光临"。

特洛特心里的石头终于落地了，决定好好享受这顿神秘的晚餐。

"这里为什么只有三个座位呢？"她问。

"这是为你们三个准备的，"稻草人解释道，"我的肚子里都是稻草，所

以我不需要吃东西。你们人类的食物对我来说没有任何的诱惑力，我只喜欢稻草。"

特洛特和船长肚子早就饿得咕咕叫了，他们忍不住大吃了一顿。从掉进那个恐怖的漩涡开始，这是他们第一次吃到这么好吃的饭菜呢。

更令人惊讶的是，刚刚在不祥园饱餐一顿的亮纽扣居然又大吃大喝起来。这个小家伙的肚子就像个无底洞一样，从来不会放过任何吃的机会。"现在不吃的话，"他总是这样说，"等到饿肚子的时候后悔也没用了。"

"比尔船长，"特洛特看着盘子旁边多出来的一碟冰淇淋说，"这真的是个仙境，是我到过的最美好的地方。"

"的确是！"比尔船长赞同地说。

"是的，是的，我之前来过这里。"亮纽扣补充道。

吃过晚饭，他们在屋子里发现了三个小房间。每个房间里都放着一张白色的床，床上还放着被子和鸭绒枕头，十分温馨。稻草人是不用睡觉的，所以他们三个人各自选了一间，倒在床上就睡着了，直到第二天早上才醒来。

一路上的疲惫和紧张，在倒上床的那一刻都得到了释放。除了没心没肺的亮纽扣，这是特洛特和比尔船长离开家之后睡得最好的一次。

第二十一章

奥兹国的仙女

奥兹国的繁华和美丽不用质疑，它的首都翡翠城就更加雄伟壮丽了。翡翠城坐落在奥兹国的正中心，城中央的四周挺立着一道闪闪发光的翡翠墙，这面墙就像是奥兹王国的一道天然屏障。宫殿俨然就是一座小城，奥兹玛和她的朋友们就住在里面。

奥兹玛年轻、美丽，同时又拥有一颗仁爱之心。就算是第一次看见她的人，也会被她姣好的容貌和优雅的姿态吸引，深深地爱上她。她仿佛是一切美好的代名词：美丽、善良、慷慨、优雅、高贵、热情、真诚、正直。她出生于一个仙女王后世家，和其他仙女们一样完美无瑕。她不仅继承了仙女们的优秀品质，更因为过人的智慧而赢得了所

有人的赞赏。虽然她贵为奥兹国的女王，但是她从来没有架子，非常喜欢交朋友，她的人民也愿意把她当成自己最好的朋友和保护神。

奥兹王宫里还有一位公主，她不是奥兹玛的女儿或者姐妹，甚至连仙女都不是。这个来自堪萨斯的女孩因为一些莫名其妙的原因来到了奥兹国，奥兹玛很喜欢她，并把她封为公主，她就是多萝茜。多萝茜也是个讨人喜欢的女孩，不仅和奥兹玛相处得非常愉快，还赢得了奥兹国所有人的喜爱。在整个奥兹国，除了奥兹玛之外，最受人们欢迎的就是她了。她就像是一朵纯洁的百合花，总是笑嘻嘻的，从来不会生气。她脾气好，人缘佳，不管在哪里都能交到很多好朋友。她不仅把稻草人、铁皮樵夫和胆小狮带到了奥兹国，还向奥兹玛介绍了邋遢人、饿虎、粉红猫尤丽卡、黄母鸡比莉娜等各种有趣的人和动物。多萝茜来自人类世界，所以她和凡人一样存在一些缺点，比如，不够聪明，甚至会因为过于固执而惹一身的麻烦。在奥兹国生活的这些年，她已经渐渐隐去了自己的秉性，学会了坦然地接受任何神奇的事情。虽然她和我们一样都是凡人，但在阅历方面，我们远远比不上她。

除了多萝茜，王宫里还有另一位凡人女孩，她的名字叫作贝翠·鲍宾。贝翠也是因为一次意外来到奥兹国的，她是一个胆小羞怯的孩子，但是奥兹玛的真诚和多萝茜的开朗打动了她。她觉得能够在这样一个神奇的国度，认识这两个美好的女孩，是她这辈子最幸福的事情。

一天，多萝茜和贝翠一起去奥兹玛的寝宫探望她。那里有各种各样好玩的东西，她们最喜欢奥兹玛的魔法地图。魔法地图镶嵌在一个精致的木框里，就挂在墙上。它比格琳达的魔法记事簿更加神奇，记事簿里只会记录世界上每个地方发生的事情，魔法地图却可以像看电影一样看见这些事情，和一部生活的"电影"没什么区别。你只需要点一下你想要看的人，他身上发生的事情就会一幕幕展现在你的眼前。

她们经常一起观看魔法地图上的画面，并不会刻意去看谁，只是哪儿有趣就往哪儿多看一会儿。突然，多萝茜指着地图上的一个角落叫了出来："嘿，奥兹玛，你看，这不是亮纽扣吗？"奥兹玛和多萝茜都认识亮纽扣，

所以奥兹玛立刻跑了过来。

"谁是亮纽扣啊？"贝翠看着地图上密密麻麻的人问。

"就是那个刚从浑身没有毛的奇怪大鸟身上下来的小男孩，他之前来过奥兹国，他是我们的朋友。"多萝茜解释道，接着她又转过头去问奥兹玛，"你知道那只奇怪的大鸟是什么吗？"

"那是奥克。"奥兹玛说。她们看到的正好是特洛特、比尔船长和亮纽扣从莫园飞越沙漠，降落在不祥园时的场景。"我觉得，"奥兹玛沉思了一会儿，说，"真不知道那些外地人为什么要去不祥园，那里的国王可是一个暴君。"

"瞧，那个女孩和一条腿的老头好像也是凡人。"多萝茜说。

"你看清楚了，那个老头有两条腿，"贝翠纠正道，"只是有一条是木头做的。"

"又能好多少呢？"看着比尔船长一瘸一拐的样子，多萝茜不置可否地说。

"他们是了不起的探险者，"奥兹玛接着说，"他们勇敢而正直，但是可能会在不祥园遇到麻烦。如果他们在我的国土上遭遇了不幸，我一定会内疚的。"

"我们能做什么呢？"多萝茜说，"如果那个可爱的小姑娘出事了，我肯定很伤心。"

"先看看事情的发展情况吧！"奥兹玛冷静地说。多萝茜和贝翠搬来了椅子，三个女子并排坐在魔法地图前，目不转睛地盯着特洛特、比尔船长和亮纽扣的冒险经历。直到稻草人在不祥园出现，奥兹玛才放下心来，因为她知道他是善良的

格琳达派去保护他们的。

她们三个被这个有趣的冒险故事彻底吸引了，已经连着看了好几天。

"那女孩实在太勇敢了！"多萝茜指着特洛特说。奥兹玛也表示赞同，"放心吧，霉运绝不会降临到这个可爱的小家伙身上。还有那个老水手，他也是个大好人。就算是被变成了蚱蜢，他也从来没有抱怨过。"

稻草人差点被烧死的一幕把姑娘们吓得冷汗直流，而亲眼看见稻草人被奥克们救出来时，她们高兴得又唱又跳。

奥克的到来结束了不祥园的悲剧，喜剧一幕幕上演。最后，她们看着四只奥克分别载着稻草人、比尔船长、特洛特和亮纽扣离开不祥园，降落在奥兹国的土地上。于是，奥兹玛吩咐奥兹魔法师为这些远道而来的客人准备了睡觉的地方。

这位奥兹魔法师是一个长相怪异的小矮人，他的职责就是在宫殿里为奥兹玛表演各种神奇的戏法。他的本领虽然比不上格琳达，但做一些了不起的事情并不是什么难事。特洛特、比尔船长和奥克降落在奎德林领地时看见的那间屋子，还有丰盛的晚餐和舒适的床，就是他的杰作。

第二天一大早，多萝茜就对奥兹玛说：

"我们去把那几个客人接到翡翠城吧。那个小女孩在这里一定会觉得不自在，如果是我，也希望看见来迎接自己的人。"

奥兹玛笑着说：

"多萝茜，你和贝翠一起去吧，我今天约了环状甲虫教授和南瓜人杰克谈重要的事情。不过，你们可以乘坐我的锯木马和红马车去，如果现在就出发，你们很快就能在格琳达的宫殿里看到他们。"

"好耶，谢谢你！"多萝茜开心地叫了起来，飞快地跑去告诉贝翠这个好消息。

第二十二章
稻草人再遇危险

格琳达的城堡和稻草人所在的地方有很长一段距离，但稻草人还是兴冲冲地踏上了归途。在奥兹国，他们再也用不着赶时间，更重要的是，他刚刚走过这条路，非常熟悉。亮纽扣还是一副满不在乎的样子，只要好好地活着，还有好朋友陪着他四处闲逛，他就别无所求。一想到那些恐怖的经历，特洛特和比尔船长就觉得胆战心惊，但是现在一切都过去了，他们开心极了。对他们来说，去格琳达城堡的路并没有什么困难的，更像是一次轻松自在的散步，既能欣赏美丽的风景，还能碰到很多有意思的事情。

亮纽扣来过奥兹国，却从来没有来过这里，只有稻草人熟悉这里的路，能给他们带路。一觉醒来，餐桌上已经摆

好了丰盛的早餐。他们敞开肚皮大吃了一顿，才满意地走出了这间神秘的小屋。这么多天来，这是他们第一次觉得轻松、愉快。他们一行人穿过树林，走过田野，翻过小山丘，一路上鸟语花香，有说有笑。

中午的时候，他们在河边停了下来。特洛特叹着气说：

"我饿了，要是早上把没有吃完的食物都打包带上就好了。"

她的话刚说完，一张餐桌就在他们面前从天而降，上面摆满了坚果、糕点、水果等诱人的食物，和之前小屋里的一模一样。特洛特惊得眼珠子都快掉出来了。比尔船长尝了一口桌上的东西，才意识到自己不是在做梦。稻草人则笑着说：

"一定有人在帮助我们。瞧瞧桌子的形状，我想一定是我的老朋友奥兹魔法师的杰作——他经常这么做。这下好了，有了魔法师的帮忙，你们以后的生活就有保障了。"

"你说的是谁？"亮纽扣一边说一边往嘴里塞着食物。

三个人都在津津有味地吃着午餐，只有稻草人若有所思地东张西望，猛然意识到自己来到了一个陌生的地方。他懊恼地说：

"一定是刚才在山谷里走错了。我记得很清楚，这条河的尽头有一个瀑布。"

"过了瀑布，河流就会改变流向了吗？"比尔船长问。

"不，河流会消失，只剩下一个水池，里面有很多漩涡。我觉得它应该是流到了地下，然后从其他的地方冒出来。"

"我吃饱了！"特洛特建议道，"既然我们过不了河，还不如先去找那个瀑布呢，然后从那儿绕过去。"

"好主意！"稻草人说。于是，他们马上出发了，在河边走了很长时间，才总算是听到了震耳欲聋的瀑布声。他们顺着声音的方向又走了一会儿，看见小溪和其他的河流融汇到了一起。他们走过去，一条垂直落下的大瀑布出现在他们眼前，闪电般地落入了一个深不见底的水潭里。水潭里是一潭死水，没有出口。他们正好站在瀑布口，旁边有一个向下倾斜的平缓的坡面，从这里走下去一点儿也不难。但问题是，河水只能从岩石的边缘滑

过，咆哮着扎进了深潭。

"你们看啊，"稻草人喊道，"这个瀑布是全奥兹国最大的瀑布，所以它的名字叫作大瀑布。我们等一下就要从这边……啊，救命……"

飞流直下的瀑布带起一阵阵强劲的旋风，将站在悬崖边上的稻草人卷了进去。他脸上画着的五官由于惊吓过度已经变得扭曲，另外三个人还没反应过来，他就掉进了水潭里。

大家被这突如其来的一幕吓呆了，全都傻傻地站在那儿，不知道该怎么办。

"我们必须赶快去救他，不然他会死的。"特洛特急切地喊道。

她刚说完，就飞快地朝着土坡下面跑去。比尔船长拖着他的木头腿跟在特洛特身后，尽可能走得更快一些。只有亮纽扣走在最后不紧不慢地说：

"你们急什么，他可是稻草人啊，怎么会淹死呢？"

特洛特并不确信他说的是不是真的，所以并没有放慢速度，继续飞快地朝前跑着，很快就来到了下面的水潭边，脸上满是水花。比尔船长累得上气不接下气，对特洛特说：

"稻草人在哪儿，特洛特？"

"我没看见他。船长，他会有危险吗？"特洛特气喘吁吁地说。

"我想，"船长回答道，"他的稻草湿透了，应该会沉入水底吧。亮纽扣说得没错，他不会淹死。"

特洛特稍微松了一口气。她站在水潭边，眼睛一眨不眨地注视着平静的湖面，渴望见到稻草人的身影。她回过头，正好看见亮纽扣趴在瀑布边的石头上，认真地盯着瀑布的后面。特洛特走了过去，问：

"你发现什么了吗？"

"这里有个洞，"他回答道，"我们进去看看吧，没准稻草人就在里面呢。"

特洛特虽然并不相信他的话，但是她和比尔船长都想去看看那个洞。洞口很小，他们几个勉强挤了进去，但进去之后洞就变得宽敞多了，足够让他们站直了身子走路。过了一会儿，前面出现了一道石墙，石墙上有一个洞。走近一看，原来洞里有一条人工凿出的石阶，轻而易举就能走下去。

特洛特看了看同伴们，想知道接下来该怎么办。但是在瀑布的轰鸣声中，不管她说什么，他们都听不见。比尔船长点了点头，但在他进洞之前，亮纽扣已经抢先一步，跑到了他的前面。他毫不畏惧地沿着石阶一直往下走，特洛特和比尔船长则跟在他身后。

刚刚进入洞口的一段路有些湿滑，可能是因为有水溅进来了。越往里面走，越是平坦和干燥。紧接着，一束淡淡的红光打在他们脸上，应该是从洞的深处射过来的。石阶的尽头，是一段并不太长的隧洞。隧洞很高，完全不用弓着身子走路。当他们走进另一个岩洞时，瞬间被眼前的景象惊呆了。

他们站在一个巨大岩洞的入口处，洞壁的四周和圆顶上到处都是鲜艳夺目的红宝石。这里的每一颗宝石都经过了精雕细琢，每一颗都闪烁着迷人的光芒，让整个洞穴熠熠生辉。特洛特吃惊地张着嘴巴，一动不动地站在那儿。

然而，这并不是这个洞穴最让人惊艳的地方。在洞穴的中央有一个水池，之前坠入瀑布的溪流从水池中央喷涌而出，形成一个个小水柱，在红宝石光辉的映衬下，就像是一团团熊熊燃烧的火焰。他们移不开自己的视线，突然，稻草人冒出了水面，胡乱地踢打了一番后很快又消失了。

"看，稻草人，他真的已经湿透了。"亮纽扣激动地喊道，但是谁都没有听见他的声音。

在轰鸣的水流声中，特洛特和比尔船长在水下发现了一处宽宽的暗礁带。更令人惊讶的是，暗礁带和岩壁一样，到处都镶嵌着珍贵的红宝石，一直延伸到了岩洞的深处。他们沿着这条小道往前走，走到了洞穴的最深处，河水又突然消失了。落入深渊的河水黑漆漆的，令人不寒而栗。突然，稻草人又从他们身边的河水里冒了出来。

第二十三章

重获新生

　　稻草人的突然出现把特洛特吓了一跳。比尔船长灵机一动，把木头腿伸进水里，稻草人一把抓住了比尔船长的腿。特洛特和亮纽扣则跪在地上，紧紧地抓住他的衣服不放。但是功劳最大的还是比尔船长，如果没有他的帮助，这两个小孩怎么可能把湿漉漉的稻草人拖上来呢？他们把稻草人放

在红宝石暗礁旁，简直惨不忍睹——稻草湿透了，水迅速地往下淌，衣服变得皱巴巴的，还有那个总是充满笑意的脑袋也彻底变了样。唯一值得庆幸的是，他还能说话，特洛特凑上前去，才听清了他的话：

　　"赶快带我离开这儿。"

　　看来，也只能这样做了。比尔船长抬着稻草人的头和肩，特洛特和亮纽扣

则分别搬着他的两只脚，好不容易才把浑身湿淋淋的稻草人从红宝石洞里拖了出来，经过那段隧洞，然后登上了几级石阶。抬着稻草人从瀑布的边缘地带经过可不是一件容易的事，但他们还是成功了。他们又走了几分钟，把可怜的稻草人放在了河岸边的草地上，让他沐浴在温暖的阳光下。

比尔船长解开他的衣服，仔细地检查着里面的稻草。

"这些草彻底没用了，"他说，"因为里面装满了小鱼和蝌蚪。依我看，特洛特，我们最好是把他的稻草扔掉，只带走他的脑袋和衣服，等找到了新的稻草，再把他变成原来的样子。"

"好像只能这样了，"她也表示同意，"可是我们都不知道路，没有稻草人为我们带路，我们怎样才能到达格琳达的宫殿呢？"

"没关系的，"稻草人的声音虽然很微弱，但还是挺清楚的，"比尔船长可以把我的脑袋放在肩膀上，让我看着前方，我就能给你们带路了。"

于是，三个人一起帮忙把稻草人身体里的稻草全都掏了出来，比尔船长则把他的衣服脱了下来，拧干后放在太阳底下暴晒。特洛特专门负责照看稻草人的脑袋，等他完全变干后把脸上弄得平平整整的。很快，稻草人脸上的笑意就又出现了。

为了完成这些工作，他们花费了大量的时间。一切准备就绪，他们就接着上路了。亮纽扣拿的是稻草人的靴子和帽子，特洛特拎的是稻草人的衣服，比尔船长则提着稻草人的布袋脑袋。恢复原样的稻草人高兴坏了，一路上说说笑笑，给朋友们讲了很多奥兹国的故事，早已从之前的阴影中走了出来。

他们一直往前走，直到第二天早上才能找到新的稻草。当天晚上，他们又住进了一间小屋，和上次的房子一模一样，只是地方不一样。同样的布置，同样的房间，同样的美食，他们同样睡得很好。第二天一大早，当他们醒来时，丰盛的早餐已经摆在餐桌上了，门外还放着一堆新鲜的稻草。原来，这都是奥兹玛吩咐魔法师准备的。奥兹玛从魔法地图上得知了他们的不幸遭遇，所以才安排了这一切，她非常清楚，这条路上根本没有稻草。

他们立刻把新鲜的稻草塞进了稻草人的身体里，他顿时变得生龙活虎了，那个能带路的稻草人又回来了。

"说实话，"特洛特说，"我觉得现在的你更精神了，身上的味道也更好闻了，走路的声音也棒极了！"

"真是太感谢你了！"稻草人感动地说，"对我来说，换上新稻草就等于重生。时间久了，新稻草也会变质。谁会喜欢邋里邋遢呢？"

"要怪就怪水吧。"亮纽扣说，"记住了，洗澡一定要掌握好分寸，水既不能太多，也不能太少。但不管怎么说，水比火安全得多，你觉得呢，稻草人？"

"对，对，对，你说得对极了。"稻草人说，"我们还是抓紧时间上路吧，不然的话天黑前就没办法到达格琳达的宫殿了。"

第二十四章

翡翠城盛宴

这天下午大约四点，红马车刚到格琳达宫的大门口，多萝茜和贝翠就飞快地跳到了地上。说到这辆马车，它可是世界上最华丽的战车，上面镶满了红宝石和珍珠。其中，最宝贵的要数拉车的那匹马了，那是奥兹玛最心爱的锯木马。

"小马，你想和我们一起进去吗？"多萝茜问。

"你们去吧，不用管我，"锯木马回答道，"我想要留在这里好好地思考一会儿。你们快去吧，想问题的时候我就不会觉得无聊了。"

"那你要想什么呢？"贝翠好奇地问。

"我一直在想，我是橡木制成的，我的树上会结什么样的果子呢？"

格琳达对两个小女孩的到来表示了热烈的欢迎。

"我早就知道你们会来,"见面后,格琳达把她们带到了书房里,"我从记事簿里知道,你们想见见特洛特和亮纽扣。"

"那个小女孩叫特洛特?"多萝茜问。

"那个勇敢的小女孩叫特洛特吗?那她的朋友呢?"多萝茜问。

"那个有一条木头腿的老头是她的朋友,叫比尔船长,我们都会喜欢上他们的。他们在奥兹仙境里过得很惬意,但他们很快就要回到属于他们的世界了。"

"他们住在这儿确实不错,"多萝茜说,"贝翠和我早就想来看看特洛特了,带她好好见识一下我们奥兹国的稀罕事,这足够让我们忙上一年了。"

格琳达开心地笑了起来。

"我已经在这里住了那么多年,"她说,"但奥兹国的好多稀奇事连听都没听过。"

这时,几个旅行者正在赶往格琳达宫殿的路上。只远远地看了看宫殿的尖顶,特洛特就可以确定它比不祥园的城堡雄壮、气派一百倍。他们越往前走,宫殿就显得越雄伟壮观。他们在稻草人的带领下踏上大理石台阶时,就连总是嬉皮笑脸的亮纽扣也肃然起敬。

"这么大的一座城堡怎么没有侍卫看守呢?"特洛特问稻草人。

"根本没有必要,"稻草人回答道,"奥兹国一个坏人都没有,即便有,他们也不敢来招惹格琳达。"

"嗨,锯木马,是你吗?你怎么来了?"走上最后一级台阶时,亮纽扣突然惊叫起来。

"锯木马和红马车怎么来了?"见到老朋友,他忍不住冲过去抱着锯木马的脖子一阵亲昵。锯木马也认出了他,任由他在自己身上蹭来蹭去。

城堡里面的人听到了亮纽扣的声音,多萝茜拉着贝翠一起跑了出去,她们拥抱了稻草人和亮纽扣,并且热烈地欢迎特洛特和比尔船长的到来。

"我们在奥兹玛的魔法地图上看了你们很长时间,"多萝茜说,"奥兹玛特意派我们来邀请你们去她的宫殿。我想,你们一定会喜欢那里的,你们愿意和我一起去吗？"

格琳达把客人们带进了蓝天客厅。格琳达显得庄严肃穆，所以特洛特觉得有些害怕，她紧紧地拉着贝翠和多萝茜的手，果然好多了。但是，谁都没有搭理比尔船长，这让他觉得非常不自在。他直挺挺地坐在椅子上，格琳达和他说话时，他不是说"是的，夫人"，就是说"不，夫人"，他觉得非常压抑，觉得呼吸不过来。

整个房间里最轻松愉快的就是稻草人了，见到熟悉的朋友，他的话匣子一下子就打开了。他讲述了自己在不祥园的经历，以及在大瀑布和之后的悲惨遭遇，事实上，听众们对这些事情并不陌生。接着，他向多萝茜和贝翠打听起了翡翠城在他离开后的变化。

他们在格琳达的宫殿里住了一晚，准备第二天就去翡翠城。稻草人对比尔船长照顾有加，老头很快就不再那么拘谨了，开心地和他们吃喝玩乐。特洛特很快就跟多萝茜、贝翠变成了无话不谈的好朋友。亮纽扣还是那样，和特洛特第一次在爆米花堆里见到他时一模一样，整天笑呵呵的。

第二天，他们很早就醒了，觉得浑身是劲。吃过早饭后，他们和善良好客的格琳达挥手告别，特洛特和比尔船长则对她派稻草人去不祥园救他们的事表示了感激。然后，他们一行人坐上红马车离开了。

车上的座位很宽敞，每个人都坐在自己选好的座位上——三个女孩子坐在后排，比尔船长、亮纽扣和稻草人坐在前排。随着"驾"的一声，木马朝翡翠城狂奔而去。

从奎德林到翡翠城，他们欣赏到了奥兹国的另一番风情。从人烟稀少的边境到繁华的首府，他们的视觉感官受到了一次又一次强烈的冲击。他们发现，离翡翠城越近，人就越多。很多人都认识多萝茜、贝翠和稻草人，纷纷向他们行礼。也有人认出了亮纽扣，欢迎他回来。

红马车载着他们飞快地朝翡翠城跑去。特洛特忍不住在心里默默地祈祷着奥兹玛能够容许她和比尔船长留下来，永远住在这儿。

等马车真正进入翡翠城的时候，特洛特更加坚定了自己留下来的决心。不管是衣着光鲜亮丽的人群，城市雄伟壮观的魅力，还是女王宫殿恢宏的

气势，这一切都让他们惊讶不已。后来，奥兹玛亲自把他们带到了自己的卧室。她果然如同传言中那样，是世界上最美好的人，笑容甜美，举止优雅。而且她的身上好像有一种魔力，让人放松，让人忍不住想要靠近。特洛特和比尔船长第一眼就喜欢上了这位年轻的统治者，同样，奥兹玛也很喜欢他们，他们很快就熟络起来了。

　　特洛特的房间在多萝茜和比尔船长中间。安顿好之后，奥兹玛专门为客人们举行了一场盛大的欢迎舞会。特洛特已经交了很多新朋友，但是比尔船长并不认识他们。人们为他们介绍了奥兹国里那些稀奇古怪的人，把比尔船长吓了一大跳。

　　在见到铁皮樵夫之前，比尔船长一直觉得稻草人是最怪的。铁皮樵夫浑身上下都包裹着一层薄薄的钢铁皮，肩上扛着一把亮闪闪的斧子，听说他的心脏也是铁皮做的。再来看看南瓜人杰克，他的脑袋就是一个真正的南瓜，脸也是用笔画上去的——和稻草人一样。环状甲虫教授看着学识渊

博、为人风趣，而且对人彬彬有礼。虽然他穿着华丽的西装，但是看上去还是像一只大瓢虫，特别是他的脸，总是让比尔船长忍俊不禁。最特别的是一位机器人，名叫滴答人，是多萝茜和奥兹玛的好朋友。他不像其他人那样自由，必须要上了发条才能说话和行走，但是上一次发条并不会工作太长时间，仅仅一次舞会，他就停了好几次。

来参加晚会的还有奥兹国鼎鼎大名的邋遢人兄弟俩，以及多萝茜的亨利叔叔和爱姆婶婶，这对恩爱的老夫妻就住在宫殿附近的一间小屋里。

最让特洛特和比尔船长感到惊讶的是那些奇怪的动物，就在奥兹玛的客厅里。他们不仅能像人一样说话，而且行为举止非常得体。

瞧那只胆小狮，他其实是一头长着好看鬃毛的巨兽；再来看饿虎，他总是笑嘻嘻的，正和粉红猫尤丽卡一起蜷缩在一张坐垫上呢，一副瞧不起人的模样；还有锯木马、魔法师的九只小猪和那头叫汉克的驴子，他的主人是贝翠·鲍宾。多萝茜的脚边一直跟着一只毛茸茸的小狗，他很少开口讲话，却听得非常认真，那是多萝茜的宠物，名叫托托。特洛特觉得最奇怪的是那只方形的怪兽，他总是笑盈盈地蹲在客厅的角落里，友好地向过往的人摇着尾巴。贝翠说，这只怪兽叫猢麒，全世界只有这一只。

比尔船长和特洛特看了看四周，四处搜寻奥兹魔法师的身影。但是晚上马上就要过去一大半了，那个小个子的奥兹魔法师才站在了客厅里。他快步走上前去，对客人们说：

"我认识你们，你们却不认识我。现在，让我们来一个自我介绍吧。"

他们很快就打成了一片。天还没亮，特洛特就觉得自己已经认识了晚会上所有的人和动物，并和他们成为好朋友。

突然，他们发现亮纽扣又不见了。

"糟糕！"特洛特大声叫道，"他又迷路了。"

"没事的，亲爱的，"奥兹玛微笑着说，"在奥兹国，从来没有人会走丢。而且，如果不迷路，亮纽扣一定会觉得没意思的。"